무관심 연습

심아진 짧은 소설

무관심
연습

나무옆의자

◆

차례

1.
모르는 만남

섬의 여우

여우가 오지 않는다. 구름에게 얼굴을 퍼렇게 두들겨 맞은 해가 마당 곳곳에 상처 입은 빛을 드리웠는데도 말이다.

여자는 주방 개수대에 기대서서 유리문 너머 뒤뜰을 응시하고 있다. 뜰의 왼쪽 담장 아래에는 살을 완전히 발라내지 않은 돼지 뼈들이 놓여 있다. 여자가 고기를 굳이 뼈가 붙은 채로 사겠다고 했을 때, 정육점 주인은 알겠다는 듯 혹은 모르겠다는 듯 고개를 가로저었다.

까마귀나 까치 들이 먹잇감 주위를 배회할 때마다 여자는 긴장한다. 녀석들이 다 먹지야 않겠지만, 여자는 여우가 먹을 양이 줄어들까 봐 초조하다.

'어디 있는 거야?' 커피잔 옆에 놓인 휴대전화기에 메시지가 뜬다. 여자는 여우를 기다리느라 선 채로 토스트를 먹고 커피를 마시며 오전을 보냈다. 무심코 잔을 들어 입에 가져가다가 커피가 한 방울도 남지 않았으며, 같은 동작을 이미 여러 번 반복했다는 사실을 깨닫는다.

여자는 메시지가 왔음을 잠시 알리고 도로 까매진 전화기 액정을 지그시 내려다본다. 서울이나 부산, 혹은 제주라고도 답할 수가 없으므로, 전화기를 그대로 내버려둔다.

오래 서 있어서인지 다리가 뻣뻣하다. 여자는 애써 할 일을 떠올린다. 그릇들은 이미 다 닦아두었고, 어떤 요리에 쓸지 정하지 않은 당근이며 감자까지 모두 씻어서 썰어두었다. 더 할 일이 없다. 하지만 여자는 여우를 보기 전까지는 주방을 떠나지 않을 것이다. 냉동고에서 꽁꽁 언 고기를 꺼낸다. 힘을 주어 칼질을 하는 틈틈이 뜰을 내다본다. 뚱뚱한 얼룩 고양이 한 마리가 나타난다. 녀석은 여우 냄새 때문에 그릇 가까이 가지는 못할 것이다.

여자는 그 명성에 걸맞은 광포한 바람이 부는 날, 이곳에 도착했다. 인터넷을 보고 찾아간 집은 그 섬에 사는 요정들만 살아야 할 것처럼 작고 작았다. 난방이 시원찮아서인지 실내가 바깥보다 추웠다. 하지만 평생 가져본 일 없는 뒤뜰이 여자로 하여금 선뜻 계약하도록 부추겼다. 여자는 견뎌내기 위해 많은 것을 필요로 하지 않았다.

여자는 곧 무엇인가가 밤마다 뜰을 파헤친다는 것을 알게 되었다. 집세를 내면서 주인에게 물어보고서야 그게 땅 밑의 구근을 찾는 여우의 짓임을 알았다. 여자는 이가 깨진 도자기 그릇에 음식을 놓아두기 시작했다. 고기, 과일, 빵……. 여자가 먹는 음식의 양이 조금씩 줄어들었다.

얼굴이 넓적한 덩치 큰 여우를 처음으로 본 날 여자는 말할 수 없이 기뻤다. 녀석은 불안한 듯 주변을 두리번거렸지만, 곧 여유 있게 앉아서 먹었다. 나중에야 여자는 그 여우가 매우 늙어, 서서 먹을 기력도 없었다는 것을 알게 되었다.

좀 더 날렵해 보이는 검은 발의 여우가 나타난 이래로 더는 늙은 여우가 보이지 않았다. 네 개의 발이 유난히 새카만 녀석은 대담하게도 뜰을 한 바퀴 휘, 돌기도 했다. 검은 발은 때때로 동작을 멈추고 가만히 서서 주변의 소음에 귀를 기울이곤 했다.

새끼 여우들을 세 마리나 데리고 온 어미 여우도 있었다. 새끼들은 조심성 없이 유리문 가까이 오기도 했는데, 여자는 그들이 놀라기라도 할까 봐 집안에 있는 의자처럼 혹은 옷걸

이처럼 미동도 않고 있었다. 이웃집에서 개 짖는 소리가 나자, 여우들은 순식간에 도망가버리고 말았다.

어느 날 여자는 꼬리 끝이 하얀 여우가 돼지껍데기를 다 먹은 후 그 그릇에 똥을 누는 것을 보았다. 여우가 사라지자, 여자는 까만 진흙 같은 똥을 자신의 변기에 내린 후 끓인 물을 부어 그릇을 소독했다. 하지만 냄새가 가시지 않아서인지, 이후로 다른 여우들은 보이지 않았다. 흰 꼬리 여우가 이전의 여우들과 어떤 전쟁을 벌였는지 혹은 거래를 했는지는 알 수 없었다.

흰 꼬리는 점점 대범해져서 여자가 그릇을 조금씩 집 쪽으로 당겨놓아도 개의치 않았다. 여자에게 눈을 뜨고 일어나야 할 이유가 생겼다. 자연스럽게, 눈을 감고 자야 할 이유까지 같이 생겼다. 섬의 여우와 섬에 온 여자는 매일, 고립된 채로 함께인 아침을 맞았다.

여자는 이른 새벽부터 혹은 밤새 자신을 기다렸을 여우를 위해 아침부터 부산스레 움직였다. 여우는 여자에게도 또 제게도 넉넉한 건 시간뿐이라는 듯 침착하게 뜰에 앉아 유리문 안쪽을 응시하곤 했다. 여자는 내내 자신을 따라다니는 여우의 시선을 느낄 수 있었다.

여우는 가끔 귀가 가렵다는 듯 뒷발로 귀를 긁기도 하고 배를 깔고 엎드려 있기도 하다가, 여자가 나오면 재빨리 덤불 가까이 이동했다. 여자를 믿고 안 믿고를 떠나 그게 타당한 일이라는 듯, 여우는 언제나 거리 두는 것을 잊지 않았다. 여자는 음식을 두고 돌아서면서 "여우야, 밥 먹어."라고 말하곤 했다. 그건 여자가 집 안으로 들어갈 테니 안심하고 와서 먹으라는 신호였다. 흰 꼬리 여우는 하루도 거르지 않고 여자의 뜰을 찾았다.

구름에게 터지는 데 이골이 난 해가, 그래도 가지 않을 수 없다는 듯 기우뚱거리며 조금 더 높은 하늘로 이동한다.

여자의 예상과 달리, 뚱뚱한 고양이가 그릇에서 뼈 한 덩어리를 물고 잽싸게 도망을 간다. 여자는 언 고기를 써느라 붉어진 손을 꼭 쥔다.

여자는 여태 얼굴도 씻지 못했다는 사실을 떠올리며 주방용 개수대에서 대충 세수를 한다. 그녀가 일하는 레스토랑의 주인은 누군가 지각할 때마다 '일 할 사람은 많다'는 간단한 한마디로 엄포를 놓곤 했다. 여자는 욕실에 들어간 사이에 여우가 다녀가면 어쩌나 싶어 양치질마저 주방에서 해결한다.

여자가 보이지 않아 실망하고 돌아서는 여우의 모습이 자꾸 어른거린다. 여자는 화장실에 가고 싶은 것도 참으며 뜰에서 눈을 떼지 않는다. 고개를 앞으로 향하고 더듬더듬 바지를 갈아입다가 하마터면 넘어질 뻔하기도 한다.

꼬리털이 부숭부숭한 다람쥐 한 마리가 그릇 주위를 배회한다. 녀석은 곧 제 몸만 한 뼈를 들고 갈 수 없다고 판단해서인지 혹은 다른 포식자의 접근을 감지해서인지 재빨리 뜰 구석의 상수리나무로 올라가버린다. 여우는 여전히 보이지 않는다.

여자는 기대하고 포기하고, 또다시 기대하고 포기하기를 반복한다. 한 떼의 참새들이 몰려와 겁도 없이 뼈에 붙은 살을 뜯어 먹나 싶더니 순식간에 날아가버린다.

여자는 집을 나서야 할 시간이 지났다는 사실을 깨닫는다.

바람보다 비보다, 또 구름보다 서열이 아래라는 사실에 별반 자존심 상해하지도 않는 이곳의 태양이 잠시나마 중천을 차지한다.

여자는 나갈 생각을 접은 채 어설프게 자위한다. 몇 가지만 더 포기한다면, 아무리 일할 사람이 많다 해도 직장을 못 구하지는 않을 것이다. 여자는 조금씩 포기해도 여전히 무언가 남는 게 섬의 장점이라는 사실을 모르지 않는다. 여자는 물을 홀짝이며 썰지도 않은 식빵을 뜯어 먹는다.

전화기에서 다시 진동음이 울린다. '살아는 있지?' 여자는 화면이 저절로 어두워질 때까지 전화기를 건드리지 않는다. 그녀가 떠나온 곳에는 아무것도 남지 않았다. 그러므로 여자는 더욱 간절히 여우를 기다린다. 여자에게 지금 가장 중요한 것은 오늘 여우를 볼 수 있느냐 없느냐일 뿐이다.

언젠가 발을 절며 나타났던 여우가 떠오른다. 차에 치여 죽은 여우에 관한 이야기를 들은 기억도 난다. 찢긴 부위를 누덕누덕 기워 겨우 이어놓은 여자의 가슴이 일시에 터질 것만 같다. 여자는 양팔로 제 가슴을 꽉 껴안은 채 여우를 기다린다.

뜰 안쪽, 담 역할을 하는 떨기나무 덤불이 살포시 흔들린 것 같다. 누런 털이 초록 잎 사이로 언뜻 비친 것도 같다. 여자는 눈물이 날 만큼 눈에 힘을 준다. 하지만 한참이 지나도 여우는 보이지 않는다. 심술궂은 바람의 고의거나 피곤한 태양의 실수였을 것이다.

갑자기 거대한 갈매기 한 마리가 날아와 돼지 뼈 하나를 욕심껏 채 간다. 여자는 가깝지도 않은 바닷가에서 여기까지 날아왔을 갈매기가 결코 대견하지 않다. 여자에게는 여우만이 중요하다. 여우만이 남았다. 여우는……. 여자는 참지 못하고 뛰어나간다.

여우야, 밥 먹어.

여우에게 음식을 준다는 사실을 알면, 머리가 노랗고 눈이 파란 이웃들은 여자에게 화를 낼 것이다. 하지만, 그들은 여자의 말을 알아듣지 못하므로 여자가 누구를 부르는지 알지 못할 것이다.

여자는 목청을 더 높여 여우를 부른다. 여우야! 여자는 여자의 섬으로 오는 신중한 발소리가 들리지 않을까 하여, 여우처럼 한껏 귀를 곤두세운다.

【 흐르는 말 】
간두지세竿頭之勢에 이른 이를 살리는 건 백 가지 행운이 아니다. 사람을 홀리는 도도한 여우 한 마리면 충분하다.

산책

사거리 모퉁이에서 헤어진 두 노인이 각자의 길로 향한다. 은발의 노인이 친구를 돌아보며 손을 흔든다. 하지만 허리가 구부정한 친구는 그를 보지 못한 채 길을 건넌다. 은발 노인이 하릴없이 돌아서자 이번엔 허리 굽은 노인이 친구를 돌아보며 손을 흔든다. 이미 몸을 완전히 틀어버린 은발 노인 역시 친구를 보지 못한다. 두 사람은 모두 한 번씩 더 뒤를 돌아보지만, 끝내 상대방의 정겨운 손짓을 보지 못한다. 개를 데리고 있는 여자는, 마주치지 못했으나 전혀 손상을 입지 않은 두 사람의 시선 가까이에 서 있다. 노인들은 각자 여자와 눈이 마주친다. 그들이 이유도 없이 여자에게 웃어 보이자, 여자의 개는 특별한 이유가 있기라도 한 듯 짧게 몇 번 짖는다. 여자도 개도 이유 없는 웃음에 익숙하지 않다.

넓은 공원에서 말라뮤트나 허스키일 듯한 큰 개가 자신의 주인을 닦달하고 있다. 끈 따위는 매본 적 없는 개가 어서 공을 던지라는 듯 껑충 뛰어오르자, 평화로운 놀이에 익숙한 주인이 던지는 시늉을 한다. 개는 뛰어가지만, 공이 여전히 주인의 손에 있다는 것을 알고 도로 달려온다. 발바닥들의 하중을 부담스러워하지 않는 푸른 잔디가 부드럽게 누웠다 일어선다. 미처 큰 개를 보지 못한 여자의 작은 개가 그제야 움직임에 놀란 듯 미친 듯이 짖어댄다. 여자의 개는 끈 없이 다녀본 일이 없다. 여자가 동전과 젓가락 따위가 든 페트병을 마구 흔든다. '짖지 않는 개'를 인터넷 검색창에 입력하고 얻은 방법인데, 개가 짖을 때마다 더 시끄러운 소리가 들리면 점차 짖지 않게 된다고 했다. 효과가 있었던지, 여자의 개가 잠시 조용해진다. 하지만 큰 개가 다시 달리기 시작하자, 여자의 개는 페트병 소리에도 아랑곳하지 않고 맹렬히 짖는다. 여자는 결국 개를 안아 든다. 개는 여자의 품에 안겨 있을 때만 짖지 않는다. 짖는 개를 이해하지 못하는 큰 개가 테니스공을 입에 문 채 멀뚱히 그들을 바라본다.

여자는 돈을 찾아야 하는데 그럴 수가 없다. 현금인출기 바로 밑에 자리를 잡은 노숙자가 한 손에 컵을 든 채 알아들을 수 없는 말을 중얼거리고 있기 때문이다. 그가 행인에게 컵 든 손을 들어 올릴 때마다, 몸을 감싼 담요가 조금씩 흘러내린다. 노숙자의 구걸에 필시 적절한 대안이 있을 젊은 남자가 인출기로 거리낌 없이 다가간다. 조금 나눠주는 것은 당신들의 의무요. 노숙자가 그렇게 말하듯 컵을 높이 들지만 젊은 남자는 그를 쳐다보지도 않고 돈을 꺼낸다. 노숙자의 눈이 개와 함께 주춤거리고 서 있는 여자의 눈과 마주친다. 그는 여자에게서 분명 기대할 것이 있다는 듯 짤랑거리는 컵을 내밀며 흔든다. 여자는 동전이 하나도 없다는 말을 할 수가 없다. 여자의 개가 누구에게나 공평했을 노숙자의 손을 향해 맹렬히 짖는다. 이유를 댈 수도 없고 대안도 없는 여자가 급히 몸을 돌려 신호등을 세 번이나 건너 길을 돌아가는 동안, 노숙자는 눈으로 좇기를 포기하지 않는다.

푸른 눈의 정육점 주인이 노부인의 차에 고기를 실어준다. 연보랏빛 투피스를 제대로 갖춰 입은 부인이 정육점 앞에 매어놓았던 시추를 안아 든 후 주인과 다정하게 몇 마디를 주고받는다. 부인은 너무 늙어 운전할 수 없어 보이지만, 정육점 남자와 여러 번 뺨을 맞댄 후 차에 오른다. 그녀가 살아온 나날들을 강변하는 듯한 앙상한 손이 다부지게 핸들을 쥔다. 그 손이 어떻게 변했는지를 훤히 알고 있을 정육점 주인이 힘차게 고개를 끄덕이자, 부인이 출발한다. 차가 큰길에 진입한 것을 보고 돌아선 주인이 그제야 자신의 가게 앞에 있는 여자를 발견한다. 여자는 짖어대는 개를 가게 앞에 매어두고 들어갈 수가 없다. 노부인에게 보내고 남은 미소를 미처 지우지 않은 주인이 얕게 고개를 끄덕이자, 여자도 따라서 고개를 끄덕인다. 그가 정육점 안으로 들어가 여자가 필요로 하는 것을 들고 나온다. 남은 미소 외의 것을 원하지 않는 여자가 개를 안지 않은 손으로 지폐를 건넨다.

금발의 두 여인이 자신들의 집 앞 화단을 가리키며 이야기를 나누고 있다. 곧 맞은편 집의 현관문이 열리더니 뚱뚱한 다른 여인이 나와 수다에 합류한다. 뚱뚱한 여인이 길가의 수선화를 가리키자, 금발의 여인들은 허리를 굽혀 꽃을 본다. 머리를 올려 묶은 날씬한 여인이 운동복 차림으로 뛰어가다가 그들 모두에게 손을 흔든다. 주머니 속에 혹은 겨드랑이 사이에 있던 세 여인의 손이 탄력적으로 튀어나와 인사에 반응한다. 그들이 여자에게 왜 개를 걸리지 않고 안고 가는지 물어본다. 여자는 개를 내려놓으면 당신들을 향해 짖을 거라는 설명을 할 수가 없다. 개의 건강이 좋지 않다고 생각한 여인들이 일제히 길가로 나와 여자의 개를 쓰다듬어준다. 사람들의 친절에 익숙하지 않은 개가 몸을 잔뜩 움츠린다. 여자는 그들을 지나쳐 사람이 다니지 않는 길에 이르러서야 개를 내려놓는다.

자신의 집으로 돌아온 여자가 아무 쓸모도 없었던 페트병을 내려놓는다. 이방인인 여자의 집은 이웃집들로 둘러싸여 있다. 모두 여덟 집에서 여자의 집을 볼 수 있다. 이방인인 여자를 주시하는 이웃의 창들은 다양하다. 지난밤의 흔적을 애써 지우려는 스탠드가 서 있는 창, 신중하게 선택되었으나 곧 평범해지고 말았을 레이스 커튼이 달린 창, 은밀함 외 아무것도 드러내고 싶어 하지 않는 검은 창, 상수리나무가 시야를 가린 것에 대해 투덜거리는 창, 꽤 길게 자신의 사연을 읊조릴 수 있는 빛바랜 고무장화가 매달려 있는 창……. 슬쩍슬쩍, 힐끔힐끔. 피곤한 여자는 보려고 들면 얼마든지 여자를 볼 수 있는 여러 창들을 향해 말한다. 내게는 짖는 개가 있습니다. 누구도 여자의 말을 알아듣지 못할 것이므로 여자는 조금 더 큰 소리로 말해본다. 나는 산책을 합니다. 여자는 할 말이 더 있지만, 하나 하지 않으나 다를 게 없으므로 조용히 집으로 들어간다.

【 흐르는 말 】
나와 세계를 멀어지게 만드는 산책이 있다. 끝내 시선을 마주치지 못한 다정한 두 노인처럼 쓸쓸하다.

한 사람

그날 밤, 나는 잠을 자다가 누군가 어깨를 흔드는 바람에 일어났다. 자기 전에 켜둔 취침등이 남편과 비슷하게 생긴 얼굴을 비췄다. **물 좀 가져오너라.** 그는, 당당하게 말하는 것만이 기선을 제압할 수 있는 유일한 방법이라는 듯 거침없이 내게 요구했다. 나는 그가 오래전에 돌아가신 남편의 아버지, 곧 내 시아버지임을 알아차렸다. 정수기에서 물 한 잔을 받아 시아버지에게 건네주자 그가 급하게 물을 들이켜며 말했다. **내가 물 한 잔도 얻어 마실 수 없는 입장이라고는 생각하지 않는다.** 나는 시아버지의 입장을 충분히 이해한다는 뜻으로 물 한 잔을 더 떠 왔다. 시아버지는 갈증이 많이 났는지 두 잔

째의 물도 금방 다 마셔버렸다. **생활이 나를 살렸다. 먹고살기 빠듯했으니까, 다른 것은 생각하지 않아도 괜찮았단 말이다.** 나는 남편이 자주 '생활'을 언급하곤 한다는 사실을 떠올렸다. 시아버지는 물방울이 묻은 입언저리를 야무지게 손으로 닦아낸 후 남편 옆에 반듯이 누웠다. 다시 잠들기 어려워진 나 따위는 아랑곳하지 않는다는 듯, 금방 코를 골았다. 나는 시아버지의 반대편, 그러니까 남편의 오른편에 누웠다.

나는 계절이 바뀔 때마다 안도하며 꺼내곤 하는 옷이며 신발 들을 하나하나 떠올리다 까무룩, 다시 잠이 들었다. 또다시 누군가가 나를 깨운 것은, 하염없이 신발을 벗었다 신었다 하는 꿈을 꾸던 와중이었다. 소의 연골처럼 허연 것을 무릎에 덕지덕지 바른 늙은 여인이 내 얼굴에 코를 들이밀고 있었다. 나는 그 희묽은 연골 같은 게 내 잠옷에도 묻었을까 봐 신경이 쓰였다. 그녀는 나를 미워하지 않는 척하기 위해 원래 자신의 표정을 잃어버린 내 시어머니였다. 시어머니는 아픈 무릎이 자랑스럽지 않을 이유가 없다는 듯 득의에 찬 표정으로 내게 말했다. **알지 못해서 살 수 있었다. 세상이 어찌 돌아가는지 알았다면 애들을 키워내지 못했을 거다.** 남편은 늘 어머니의 무릎을 안쓰러워했다. 나는 남편 옆에 잠들어 있는 시

24

아버지를 곁눈질하며 아까처럼 물이라도 떠 와야 하지 않을까 생각했다. 시어머니는 내 생각을 알았는지 차갑게 말했다. **냉수라면 마실 만큼 마셨다. 내 아들이 너와 결혼했을 때부터 말이다.** 시어머니는 거칠고 주름진 손으로 잠든 아들의 얼굴을 쓸었는데, 그 아들은 감은 눈을 씰룩였을 뿐 잠에서 깨지 않았다. 시어머니는 남편과 시아버지의 틈을 비집고 들어가 사이에 누웠다.

나는 이제 더 이상 잘 수 없을 거라 생각했지만 내 자리에 도로 누웠다. 침대가 너무 비좁았다. 그러니까 두 명이 자면 딱 맞는 침대에 네 명이 누운 것이다. 그 바람에 남편의 살이 내게 아주 많이 닿았는데, 그의 피부는 땀이 배어 나와 끈적거리고 있었다. 나는 극도로 예민해져서 누군가가 또 다가오고 있다는 것을 대번에 알아차렸다. 시아버지와 닮았으나 조금 더 투박한 주름을 가진 그 사람은 시아버지의 아버지쯤으로 보였다. **뭐가 필요하세요?** 나는 일어나 앉으며, 그가 나를 두드리거나 흔들지 않아도 내가 이미 깨어 있다는 사실을 알렸다. **우리 시절엔 말이다.** 그는 '우리'의 '리' 자를 약간 늘이며 세게 발음했다. 나는 침대에서 내려와 다소곳해 보일 수 있는 자세로 섰다. 그러니까 아무래도 '조상님'에 해당하는 분일 것 같았기 때문이다. 하지만 그는 내게 아무것도 부탁하거나 명령하지 않았다. **우리는 고기도 낚았고, 닭도 잡았고, 장기도 두었고, 장례도 치렀다. 가끔은 아편 같은 걸 하다가 패가망신하기도 했고 투전판에서 가산을 탕진하기도 했지. 아무튼 우리는 늘 우리였다.** 나는 그가 강조하는, 그리고 평소 남편이 지나친 집착을 보이기도 하는 '우리'를 완전히 이해할 수는 없어서 팔짱을 꼈다. 아마 다소 건방져 보이는 동작이었을 것이다. 그는 내가 다소곳하든 건방지든 상관없다는 듯 나의 자리, 곧 남편의 오른쪽을 차지하고 누워버렸다. '우리'였던 당신의 시절엔 그렇게 하는 게 자연스러웠다는 듯이.

졸지에 자리를 빼앗긴 나는 일렬로 늘어선 발을 바라보며 침대 아래쪽에 서 있었다. 하얗거나 붉거나 시커먼 발바닥들은 최선을 다해 각자의 개성을 드러내려는 듯 다양한 모양의 굳은살들을 보유하고 있었다. 나는 하릴없이 두 발을 비벼댔다. 달리 할 수 있는 일은 없어 보였다. 그때 내 착각을 짚어주지 않을 수 없다는 듯, 잠든 줄 알았던 시아버지의 아버지가 실눈을 뜨고 한마디 했다. **나는 네 시조부가 아니라 시증조부다.** 나는 어쨌거나 그를 조상님으로 여겼다고는 말하지 않았다.

나는 잠을 아예 포기해버린 채 침대에 누운 네 사람을 바라보았다. 그들이 정말 잠이 들었는지 잠자는 척을 하는지 알 수 없었다. 아슬아슬하게 잠자는 연기를 하는 배우들처럼도 보였다. 그들은 앞사람을 놓치지 말라는 잔소리를 수도 없이 들은 소풍 나간 유치원생들처럼 손을 꼭 잡고 있었다.

침대 양옆에 늘어진 시증조부의 오른손과 시아버지의 왼손 중 하나를 내가 잡아야 하는 게 아닐까 고민하고 있는데, 갑자기 두 사람이 나타났다. 그들 모두 사진으로 본 기억이 났다. **제 남편의 선생님들이시죠?** 그들은 기특한 제자를 바라볼 때 짓는 흐뭇한 표정으로 나를 보며 고개를 끄덕였다. 비록 내가 그들의 제자는 아니지만 제자의 아내라면 제자나 마찬가지라고 여기는 듯했다. 그중 머리가 벗어진 선생이 피곤하다는 듯 손바닥으로 이마를 비비며 입을 열었다. **다 알려 줄 수는 없었다. 나 역시 내가 배운 한도 내에서 가르칠 만한 것을 가르쳤을 뿐이야.** 어쩐 일인지 나는 좀 화가 나서 따지듯 물어보았다. **어떤 기준에서 가르칠 만한 게 있고, 가르칠 만하지 않은 게 있다는 겁니까?** 다른 선생이 대머리 선생을 대신해 비감에 찬 목소리로 답했다. **우리 역시 우리의 선생이 우리에게 가르친 대로, 그저 배운 대로 가르쳤을 뿐이라니**

까. 내가 작게 뇌까렸다. **또 우리군요.** 그들은 내가 왜 '우리'에 민감해하는지 알지 못했고, 알려고도 하지 않은 채 탄식하듯 말했다. **우린 지쳤다. 그만 자고 싶구나.** 나는 붙박이장에서 이불을 꺼내 침대 발치에 펼쳐주었다. 두 선생은 나란히 누워 마주한 쪽의 손을 맞잡았다. 침대 가까이에 있는 선생이 남편의 발에 손을 얹는 것을 보면서 나는 구석에 쪼그리고 앉았다. 그들은 남편의 발이라도 잡고 있다면 굳이 침대에 눕지 않아도 괜찮다고 생각하는 것 같았다. 스승들의 방문을 알았다면 남편은 당장 술상을 봐야 한다며 부산을 떨었을 것이다. 나는 그가 깊은 수면 상태에 있어서 다행이라 생각했다.

누군가가 또 들어왔다. **녀석과 나는 민감한 시기를 같이 보냈죠.** 남편의 고등학교 동창이라며 자신을 소개한 사람이 느닷없이 담배를 꺼내 들었다. 왼쪽 눈썹 옆에 검은 점이 있는 그는 방이 밀폐되어 있으며, 창문을 열지 못할 날씨라는 것 따위는 고려하지 않는 듯했다. 나는 재떨이를 가져다주었다. 예전의 남편처럼 그도 엄지와 검지만으로 담배를 쥐고 피우는 습관이 있었다. 친구는 추억을 씹기라도 하듯 필터를 꼭꼭 씹어대며 담배를 피웠다. 담배를 쥐지 않은 손으로는 자꾸 눈썹 옆의 점을 문질렀다. 나는 예전에 남편이 자신의 이마에

난 검은 점을 피부과에서 없앴다는 얘기를 들은 적이 있었다. 친구는 그러지 않은 모양이었다. 그의 점은 세월만큼 깊이 뿌리를 내려 여간해서는 수술로도 제거할 수 없어 보였다. **우리에게는 말 못 할 사연들이 진짜 많아요.** 남편의 친구는 내가 모르는 것을 자신이 알고 있다는 사실을 자랑하려는 듯했다. **남편은 이제 더는 담배를 피우지 않아요.** 내가 말했지만, 친구는 모르는 소리 말라는 듯 손사래를 치며 말했다. **비밀은 여러 개의 가면을 갖고 있다가, 필요할 때 쓸 수 있는 최선의 걸 쓰곤 하죠.** 맛있게 담배 한 대를 다 피운 그가 갑자기 남편 위에 쓰러져 잠들었다. 남편은 가슴이 답답한 듯 몸을 꿈틀거렸지만, 잠결에도 친구를 밀쳐내지는 않았다. 나는 남편의 이마를 살펴보기 위해 취침등을 좀 더 밝게 했다. 점은 희미해지긴 했지만 완전히 사라지지 않았다. 나는 좀 울적해졌다.

어때? 살아보니. 화장을 곱게 한 여자가 침대 끄트머리에 걸터앉으며 말했다. 밤에 방문한 사람답지 않게 정갈한 차림이었다. 나는 그녀의 손이 남편의 발목을 더듬고 있는 것을 놓치지 않고 보았다. **누구세요?** 나는 그녀가 남편과 오래 연애를 했다는 대학 때 동기인지, 나를 만나기 전에 몇 번 데이트를 한 적이 있다는 연상의 여인인지, 그도 아니면 미처 나에게 털어놓지 못한 또 다른 여자인지 감을 잡을 수가 없었다. 가족이나 친척이 아닌 것은 분명했다. **누구시냐고요?** 신경질적인 내 질문을, 여자는 의도적으로 무시하려는 것이 아니냐 어쨌든 그럴 수밖에 없지 않겠느냐는 태도로 무시하며 제안했다. **출출한데 맥주나 한잔할래요?** 나는 냉장고에서 맥주 두 캔을 가져왔다. 여자가 자신감 있는 태도로 뚜껑을 따며 말했다. **같이 살아보지 않고도 알 수 있는 게 있다는 거 알아요?** 여자가 내게 물었다. 나는 비밀 운운하던 남편의 친구가 아직 잠들지 않았을지 모른다고 생각했다. 그를 깨워 여자에 대해 물어보고 싶었지만 그렇게까지는 하지 않는 편을 택했다. 나는 어른 다섯이 누운 데다 한 여자가 걸터앉은 불가사의한 침대를 멍하니 바라보았다. 이제 여자의 손은 남편의 발목을 거쳐 무릎까지 더듬고 있었다. 그 손길이 내 몸에도 닿고 있는 듯해 기분이 묘했다. **도대체 누구세요?** 내가 애원하듯 묻자 여자가 남편의 다리 위에 숫제 몸을 누이며 말했다. **글쎄, 내가 누구일까요? 어쩌면 당신과 당신 남편에게는 없는 '사이'?** 나는 갈증을 많이 내던 시아버지처럼 맥주를 벌컥벌컥 들이켰다. 어느새 여자는 잠들어 있었다.

잠을 자는 그들은 실로 다양한 소리를 냈다. 어금니를 갈거

나 앞니를 딱딱거렸고, 한숨을 쉬거나 코를 골았으며 가끔 쩝쩝, 입맛 다시는 소리를 내기도 했다. 여기에 더하여 침대 시트와 이불들이, 이가 딱 맞게 들어앉지 못한 신뢰나 애정 따위를 말아 감기 위해 바스락거리고 있었다. 제대로 소각하지 못한 미련이나 미움을 뒤늦게야 발견한 베개가 부산스레 풀썩이는 소리도 들렸다.

종일 끓고도 한참을 더 끓어야 할 곰국처럼 고글고글 소리들이 끓고 있었다.

그 밤에 얼마나 많은 사람이 남편과 나의 침실로 찾아왔는지 다 얘기하는 것은 지루한 일일 것이다. 남편의 힘센 고모와 간이 좋지 않았던 외삼촌, 함께 다락방을 들락거렸던 사촌형을 비롯해 남편을 전혀 기억하지 못하는 남편의 첫사랑, 그리고 울퉁불퉁한 감정을 공유했던 직장 상사들까지, 남편을 찾아오는 사람들은 쉬지 않고 불어났다. 그들은 여럿이 소란스럽게 들어오기도 했고 슬그머니 혼자 들어오기도 했으며, 스스럼없이 내게 먹을 것이나 마실 것, 잠자리를 요구하기도 했다. 곧 냉장고는 텅 비었고, 내어줄 이불과 베개도 동이 났다. 방 안은 사람들로 가득했다. 그중에는 심지어, 틀림없이 세종대왕이라고밖에 할 수 없는 인물도 있었다. 그들은 병렬 혹은 직렬로 연결된 꼬마전구들처럼 가로로 혹은 세로로 이어지다가 나중에는 정글의 넝쿨처럼 아무렇게나 얽혔다. 누군가는 복잡한 삶의 맥락을 고의적으로 단순하게 만들려는 듯 꼭대기로 기어오르기도 했다.

나는 더미 아래 깔린 남편이 숨이나 제대로 쉬고 있을지 걱정스러웠다. 이제 쪼그려 앉을 수도 없게 된 나는 내가 아는 한 사람을 찾기 위해 사람들의 더미를 조금 헤집어보았다. 남편의 얼굴이 보일 듯 말 듯했다.

【 흐르는 말 】
한 사람은 결코 한 사람이 아니다. 무수한 사람이 깃든 한 사람과의 사투가 삶이다.

감자와 나

내가 누구인지 궁금해하지 말기 바란다. 남자인지 여자인지 늙은이인지 젊은이인지, 지금 그런 걸 따질 때가 아니란 말이다. 중요한 건 내가 감자볶음 요리를 하기로 했다는 사실이었다.

'감자볶음'을 검색하고 찾은 인터넷 블로그에서 남편이 어쩌고 아이가 어쩌고 하는 설명이 한참 이어지다가 준비물이 나왔다.

감자 2, 양파 반 개, 당근 반 개, 양배추 약간, 후추 약간, 소금 1, 참기름 1, 통깨 1

어이가 없었다. 꼼꼼한 사람이라면 수나 양을 세는 단위가 무책임하게도 매우 두루뭉술하게 표기되어 있다는 사실을 알 수 있을 것이다. 그 문제를 차치하고라도 도무지 이해할 수 없는 재료들이 아닌가 말이다. 감자볶음에 양파는 왜 들어가며 당근에 양배추는 왜 필요한지? 게다가 크기도 다른 채소를 놓고 반 개는 뭐며 약간은 또 뭐란 말인가. 상식선에서 간장이나 참기름 뒤에 쓰인 숫자 1이 한 컵을 의미하는 게 아니라 한 숟가락을 의미한다는 것까지는 감안한다고 하더라도, 다양한 크기를 가진 지구상의 모든 숟가락 중 하나를 선택하는 건 또 어찌 해결해야 하느냐 말이다. 그쯤 되면 차라리 애정과 배려와 인내라는 재료만으로 감자를 볶는 게 낫겠다는 게 내 의견이다.

아, 아까도 말했다시피 내가 왜 이런 반응을 보이는지 이상하게 생각하지 말아달라. 나 역시 어디까지나 내 식대로 하루하루를 사는 '보통 사람'일 뿐이다. 그냥 내 기준에서 황당했다는 얘기다. 누구나 자신의 고유한 성격이 있고, 남들이 알지 못하는 트라우마 같은 게 있기 마련이다. 가령 당신은 내가 "부등식 $(x+y-4)(2x-y+3) \geq 0$을 만족시키는 실수 x, y에 대하여 x^2+y^2의 최솟값은?"에 대해 이건 기본도 안 되는 문제라고 말했을 때, 황당하지 않을 자신이 있는가? 금방 풀었다고 하더라도 제발, 잠시만, 풀었다는 사실을 숨겨주기 바란다. 숫자 놀음은 우리의 본질이 아니다. 나는 어디까지나 요리를 해보고자 한 것뿐이다. 거창하지 않은 소박한 감자 요리말이다.

검색창에 다시 한 번 감자볶음을 입력했다. 화면에 떠 있는 사진 중, 감자의 하야말간 색이 두드러진 것으로 골랐다. 그러니까 양배추나 당근 따위는 없는 것으로. 내가 먹겠다는 채소는 어쨌든 감자니까 말이다. 나는 곧 어디서부터 잘못되었는지 알았다. 내가 먹으려는 음식의 이름은 '감자볶음'이 아니라 정확히 '감자채볶음'이었다. 재료에 양배추나 당근을 포함시키지 않은 그 블로그에서는 그렇게 명명하고 있었다. 그렇다. 처음의 실수는 내가 '무엇'을 원하는지를 몰라서였음이 틀림없다. 감자와 감자채의 유의미한 차이. 나는 '경이로운' 미묘한 차이 때문에 여러 번 엉덩이를 걷어차인 경험이 있다. 제발 감자볶음이나 감자채볶음이나 같은 거라고 말하지 말아달라. 경이롭다니까! 아무튼 나는 흡족한 마음으로 마우스의 스크롤바를 내렸다. 이 요리법을 올려놓은 사람 역시 여름이니 매미니 하는 얘기를 한참 떠들다가 겨우 준비물을 내놓기는 했지만 말이다.

감자 2, 양파 1/2, 대파 1/2, 굵은 소금, 포도씨유, 소금, 후추, 참기름, 통깨

역시 한 번에 암기할 수도 없는 만만치 않은 재료다. 나는 단 두 번의 검색으로 '간단한' 감자채볶음 같은 것은 깨끗이 포기하기로 했다. 오래 고집을 부리다가 낭패를 보는 당사자가 결국 감자도 뭣도 없는 내가 되리라는 사실을 받아들였기 때문이다. 이제 나는 채소의 크기 따위에도 신경 쓰지 않기로 했고, 여타 다른 식재료에 관해서도 순종하기로 했다. 내게 얼마간의 융통성이 있다는 점을 알아주기 바란다. 나는 여러 크기의 감자가 담겨 있는 바구니 앞에서 한참을 망설이겠지만, 결국 나잇값은 하는 다른 많은 사람처럼 눈에 띄는 큰 감자와 작은 감자의 딱 중간 정도 되는 크기의 감자를 고를 것이다. 일본인들에게는 잘 없다는 이 주변머리가 한국인인 내게 있음에 감사할 따름이다. 나는 순순히, 양파니 대파니 하는 것들도 결국 감자채볶음에 들어가야만 한다는 사실을 인정했다. 아이에게 실험해보라. 네 대를 맞을래, 두 대를 맞을래, 하고 물어보면, 살다 보니 풀리는 일보다 꼬이는 일이 더 많다는 걸 일찍이 터득한 아이는 반드시 두 대라고 말할 것이다. 나는 당근과 양배추가 빠졌다는 사실만으로도 위안을 얻었다. 두 대쯤은 기꺼이 맞아줄 수 있다.

게다가 양파나 대파나 둘 다 파가 아닌가. 나는 작은 위안에 만족하며 장을 보았다. 실제로 나는 양파 한 망 값으로 3천 6백 원을, 대파 한 묶음 값으로 2천8백 원을 지불했지만 그냥 묶어서 파 값으로 6천4백 원을 지불했다고 생각했다. 더할 나위 없이 편안한 마음이 되었다. 심플한 것들이 얼마나 사람을 위로하는가 말이다. 파 6천4백 원!

그러나 그다음 장벽 역시 만만치 않았다. 천일염, 구운 소금, 맛소금, 심지어 허브맛 솔트까지 집에 있었지만, 결국 내게 필요한 것은 '굵은 소금'이라는 사실을 받아들이는 데 꽤 시간이 걸렸기 때문이다. 나는 슈퍼마켓의 소금 진열대 앞에서 허리를 펴고 굽히기를 반복했다. 소금의 화학 기호 $NaCl$. 이온 결합 시 음이온의 크기와 양이온의 크기로 결정의 모양이 정해지는데, $Na+$이온을 향해 $Cl-$이온이 소위 xyz 세 방향에서 붙어 있어야 안정된 형태를 띠게 된다. 결정이 굵어지려면 결정들이 모이는 시간이 어느 정도 주어져야 하기에, 저온에서 오래 끓여진 것, 즉 염전에서 구한 $NaCl$이 바로 '굵은 소금'이 되는 것이다. 찾았다. 1킬로그램짜리 배추절임용 소금. 나는 안도의 한숨을 내쉬었다. 2킬로그램이나 5킬로그램을 사야 했다면 정말 갈등했을 것이다. 감자채볶음 한 접시를 위해 더운 여름 이솝우화에 나오는 당나귀처럼 소금 가마니를 지고 가야 했다면 말이다. 뺑이니 과장이니 하는 말은 삼가달라. '내가 이러려고'라는 전직 대통령의 유행어를 안 쓴 것만 해도 어디인가! 슬슬 지겨워지기 시작한다고도 말하지 말아달라. 뭐니 뭐니 해도 가장 괴로운 사람은 나란 말이다.

내게는 아직도 포도씨유와 후추, 참기름, 통깨라는 거대한 관문이 남아 있었다. 그러나 건너뛰기로 하자. 당신을 배려해서가 아니라 내가 정말 말하기도 싫을 정도로 지쳤기 때문이다. 마지막으로, 쇼핑백을 가져오지 않았다면 쓰레기봉투에 담아 가야 한다고 말하는 점원과 한참 실랑이를 하다가 진이 빠져 돌아왔다는 점만 언급해두고자 한다. 사실 나는 오랜 사유와 번뇌의 시간 끝에 고른 음식 재료들을 쓰레기 취급 하기 싫어서 계속 아니오, 라는 말을 반복한 죄밖에 없다. 그 쓰레기봉투가 그 쓰레기봉투인지를 몰랐을 뿐이다. 내가 점원을 무시했다거나 놀리려고 그런 게 정말 아니란 말이다.

그러므로 요리는 시작도 하지 않았지만, 나는 빗살무늬토기를 굽기 시작해 청동검을 만들고 모루에 망치를 두드렸음은 물론, 동학농민운동을 거쳐 일제징용에까지 끌려갔다 돌아오고서도 죽지 않고 살아남은 인물이 된 기분이었다. 피로했다. 뼈가 흐물거리고, 손이 떨려 이러다 정말 암이라도 걸리는 게 아닐까 싶었다. 하필 암이 떠오른 것은 감자가 항암에 효과가 탁월하다고 들었기 때문이다. 아이러니하게도 그 항암 효과를 가졌다는 성분인 알파카코닌과 알파솔라닌은 감자의 껍질과 싹에 많이 들어 있는데, 조리 시 거의 제거되어버린다고 한다. 그럼 감자를 껍질째 삶아 먹든지, 생으로 갈아 먹으면 고생도 하지 않고 좋지 않았겠냐고? 지당하신 말씀이다. 하지만 사람에게는 비이성이나 억지라고만은 할 수 없는 성향 혹은 취향이라는 게 있다. 누군가는 반드시 모서리가 둥근 지갑이나 노트를 사야만 만족하고, 누군가는 꼭 문을 등지고 앉아야만 마음이 편하다. 앞머리를 내리지 않으면 불안해서 한 발짝도 걸을 수 없는 사람이 있고, 단추나 지퍼를 모두 잠그면 답답해서 미치는 사람이 있다. 나는 무조건 감자채볶음이 먹고 싶다. 그러니 관심과의 구분이 몹시 애매한 간섭이라면 거두어주시라.

아무튼 나는 감자를 내 식대로 먹기 위해 꺾이려는 허리를 곧추세우고 조리대에 섰다. 먼저 다루기 쉬운 과도로 감자를 돌려 깎았다. 푸르스름한 독은 보이지 않았는데, 보였더라면 얼마만큼 도려내야 인체에 득이 될지 해가 될지를 가늠하며 시간을 보냈을 것이다. 어쨌거나 푸른 싹이 보이지 않았으므로 조심해야 할 필요가 없었는데, 이상하게도 그 때문에 약간 서운해졌다. 그렇다니까. 인간은 아주 약간이라면, 스트레스를 반기기도 한단 말이다. 무병장수하기를 바라지만, 한편으로 은근히 비운의 주인공처럼 요절하기를 바라기도 하는 게 인간이다. 맞고 싶지 않지만, 한편으로 누가 좀 때려줬으면 하고 기대를 하기도 하는 게 인간이란 말이다. 당신은 아니라고? 그래, 그래. 성향이니 취향 얘기를 한 것은 나니까, 이쯤에서 넘어가는 게 좋겠다. 요리를 계속하자.

나는 인터넷에서 시키는 대로 감자를 채 썰었다. 굵게? 가늘게? 그냥 내 성향과 취향대로 썰었다. 그리고 잘 썰다가 내 손톱도 하나둘 같이 썰었고, 급기야 살도 조금 썰었다. 물론 엄청나게 아팠다. 하얀 감자가 빨갛게 변할 만큼은 아니었고 그저 연한 살구색이 될 정도로 피가 났지만, 아무튼 꽤 따끔거렸다. 검지의 손톱 아랫부분. 한참 지혈을 한 후, 나는 도대체 감자를 어떻게 쥐고 칼을 어떻게 썼기에 베였는지를 알아내기 위해 동작을 재현해보았다. 마치 범죄자가 범죄 현장에 다시 가는 것처럼, 조금 전의 내 행동을 흉내 내보았다. 이해할 수 없는 상황에 대해 고민하고 탐구하는 것은 인간의 가장 숭고한 본능 중 하나다. 물론 일부러 확대해석 하려는 의도는 아니다. 멍청한 짓을 했다는 것은 나도 잘 알고 있다. 나는 단지 궁금했을 뿐이다. 어째서 납득 안 가는 부위가 칼에 베일 수 있었던 건지를. 바짝 깎지도 않은 손톱 아래 살이 나가다니, 도저히 당선될 수 없으리라 여겼던 후보가 대통령이 된 것만큼이나 이해할 수 없는 일이었다. 상처가 난 부위는 결코 상처가 날 만한 위치에 있지 않았다. 맙소사! 이런 때 드는 게 자괴감이다. 그러나 나는 언제나처럼 잘 잊는 유전자의 힘을 빌려 재빨리 상황을 정리했다. 우선 밴드를 손가락에 단단히 감았다. 그리고 썰다 만 감자를 왼손에, 칼은 다시 오른손에. 나는 마음을 다스리며 칼질을 겨우 마치고, 안내문에서 시키는 대로 감자를 물에 담갔다. 녹말을 빼기 위해서라나 뭐라나.

다음으로 양파와 대파 썰기. 예상했겠지만 쉽지 않았다. 맙소사. 내가 흘린 눈물의 양을 봤다면 틀림없이 내가 양파와 파의 죽음을 애도해서 그렇게 울었다고 여겼을 것이다. 나는 눈이 벌게진 채, 주방에서 가능한 한 먼 곳, 그러니까 거리로 난 창 아래로 이동해 티슈로 눈물을 닦아냈다. 사는 게 왜 이런지 생각해본 적이 별로 없었는데, 눈물을 쏟고 있으려니 사는 게 왜 이런가 하는 생각이 절로 들었다. 울다 지쳐 잠들곤 하던 어린 시절 만화 주인공처럼 그대로 잠들고 싶었지만, 물에 잠겨 있는 감자가 나를 불렀다. 야!

나는 소매로 눈을 문지르며 다시 조리대로 다가갔다. 달궈진 팬에 포도씨유를 두른 후, 체에 건져 물을 뺀 감자를 쏟아부었다. 지지직. 맙소사! 소리만 요란한 게 아니었다. 기름과 물이 서로를 경멸하며 튀어 오르는 힘이 엄청났다. 물론 뜨거운 기름에 물이 닿으면 난리가 난다는 사실을 모르지 않았다. 나도 본 바가 있는 사람인데, 왜 몰랐겠는가? 그러나 나는 너무 지쳐 있었고 지나치게 감자에 집중했기 때문에, 체에 걸렀다 하더라도 남아 있을 물기를 간과했던 것이다. 눈두덩과 광대뼈 부근이 따끔거렸다. 피부가 살짝 벗겨졌을지 모른다는 생각을 하면서 나도 모르게 손으로 따끔거리는 부위를 비볐다. 곧 실수를 깨달았지만, 양파와 대파의 유황 성분이 더 빠르게 손에서 눈으로 옮겨간 뒤였다. 아뿔싸! 눈이 아리면서 아까보다 더 많은 눈물이 쏟아졌다. 앞이 흐릿한 가운데 간신히 벽을 더듬으며 욕실로 갔다. 비누로 손을 깨끗이 씻고 눈을 헹구고, 다시 손을 씻고 세수를 하고……. 세상이 순탄하지만은 않다는 걸 충분히 알고 있는 내게 왜 교훈 같은 것을 주려는지, 왜 시험 따위가 필요 없는 나를 자꾸 시험에 들게 하는지 세상에 따져 물으면서 비틀비틀 욕실을 나왔다. 하지만 내가 겪어야 할 악운이 아직도 한 줄 더 하늘에 쓰여 있었던 모양이다. 중불로 줄여지기를 초조하게 기다렸을 감자가 센 불에서 까맣게 타들어가고 있었다. 기다림에 지쳐 흘렸을 감자의 눈물이 매캐한 연기로 기화되어 날아가고 있었다.

그래, 이제 그만하려고 한다. 감자채볶음을 먹지 못한 인간의 기력이라는 게 결국 이 정도밖에 되지 않기 때문이다. 게다가 나는 정말 암에 걸렸을지도 모른다. 마지막으로 질문하시라. 그 후로 감자채볶음을 다시는 하지 않았느냐고? 당연히 하지 않았다, 라고 답하고 싶지만 솔직히 그러지 못했다. 똑똑한 인간이라면 깨끗이 포기했겠지만, 똑똑하지 않은 나는 미련함과 도전정신을 쉽게 구분하지 못했기 때문이다. 블로그 찾는 것은 두 번 만에 쉽게 포기하더니, 감자채볶음은 왜 그러지 못했냐고? 똑똑하지 못해서 그랬다니까 그러네. 그냥 상황 따라 쉽게 변하고 한없이 모순된 게 인간이라고 해두자. 뭐? 일반화하지 말라고? 그래, 그래. 알았다. 개인의 특성이 군집의 특성을 능가한다는 데 언제나 동의하는 나다.

사실 이론상으로 남은 변수랬자 소금의 문제나 마늘의 문제 등 몇 개가 되지 않았다. 모든 재료에 일어날 가능성의 수와 모든 재료의 수를 곱하면, 아니 숫자 놀음은 하지 않기로했지. 어쨌든 '그까짓 감자채볶음'이니까 말이다. 그리고 다시…… 알고 싶지 않다고? 나 역시 말하고 싶지 않지만 이야기는 끝을 내야 하니까 말이다. 이런 경우에 미국인들은 이렇게 말하곤 하던데. 블라블라.

블라블라, 모두 실패했다. 나는 결국 감자채볶음을 포기했다. 여섯 번째인가 일곱 번째인가에 참다못한 감자가 채 썰리던 도마에서 벌떡 일어나 악을 쓰며 내게 외쳤다.

이 감자만도 못한 인간아!

순간 나는 왜 썰린 감자채가 아니라 반쯤 남아 있던 감자덩어리가 소리를 질러대는지 묻고 싶었다. 감자채들이 입을 모으는 것보다 묵직한 덩어리가 한마디 던지는 게 나아서? 아니면 감자채는 감자의 본질이 아니라서? 궁금한 게 많았지만 나는 하얗게 질린 감자의 얼굴을 보고 조용히 입을 다물었다. 감자에게 감자만도 못한 인간이라는 소리를 듣고도 정신을 못 차렸다고 생각하면 안 된다. 마지막으로 분명히 말해두지만, 나 역시 원해서 이렇게 생겨먹은 건 아니다. 감자에게

어찌할 수 없는 감자로서의 삶이 있는 것처럼 내게도 어찌할
수 없는 내 삶이 있다. 이해하지, 감자야?

【 흐르는 말 】
사람은 각기 다르다. 그래서 사람이다.

결전

출근길부터 기분을 잡치고 만다. 녀석이 집 앞에 잔뜩 버려 놓은 쓰레기 더미 때문이다. 그는 혼자 사는 인간이지만 가족 구성원이 4인을 넘는 201호나 301호가 내놓는 재활용 쓰레기의 배가 넘는 플라스틱, 캔, 병 등을 내놓는다. 그가 요일과 시간에 딱 맞추어 쓰레기를 버리고 나면 다른 사람들은 그가 버린 쓰레기 위에 아슬아슬하게 산을 쌓거나 봉투를 끼워 넣을 작은 틈을 찾느라 시간을 허비해야 했다. 1층 할머니가 혀 차는 소리를 나도 들었다. 저 덩치에 안 먹지도 못하긴 하겠다만, 쯧!

게다가 그가 버린 쓰레기봉투는 찢겨 있기 일쑤였다. 오늘

내일 죽을 것 같지는 않은 동네 고양이의 소행이었다. 하지만 그건 엄밀히 말해, 날 때부터 냄새 외면하는 법을 배우지 못한 길거리 짐승의 탓이 아니다. 정작 황당해서 죽고 싶은 기분이 든 건 고양이일지 모른다. 피자의 치즈 냄새, 튀긴 닭의 기름 냄새, 짜장면의 소스 냄새 등에 끌려 열심히 봉투를 찢었는데, 발견한 것이라곤 냄새만 잔뜩 밴 비닐이나 휴지뿐이었을 테니 말이다.

그랬다. 녀석은 엄청나게 많은 음식을 먹어댔는데 알뜰하게도 단무지 한 조각까지 남김없이 먹어 치웠기 때문에, 음식물 쓰레기라는 게 거의 생기지 않았다. 음식물이 묻은 포장재만으로도 그렇게 엄청난 냄새를 풍기니, 그가 먹은 음식의 양이야 오죽할까!

사실 녀석은 세 끼를 모두 집에서 먹지는 않는다. 주중에는 나름 출근이라는 것을 해서, 주말을 제외하고는 저녁만 집에서 먹는다. 202호 아저씨가 말한 적 있었다. 그렇게 먹어대려면 많이 벌어야지, 암, 벌어야 하고말고! 문제는 한 끼를 먹는 시간이다. 일곱 시를 조금 넘겨 퇴근한 그가 곧장 먹어대기 시작해서 식사를 마치는 시간은 대개 열두 시 언저리다. 아귀찜이 배달되나 싶으면 곧 라면을 끓이는 냄새가 나고, 맥주 캔과 참치 캔을 따는 소리가 번갈아 들리는가 싶다가 이어

과자 봉지 뜯는 소리가 들린다. 녀석은 밖에서 만나는 친구나 방문할 가족도 없는 게 틀림없다. 먹고 쓰레기를 만들고 먹고 쓰레기를 만들고 먹고 또 먹고……. 나는 녀석이 징그럽고 마뜩잖다. 환경오염 때문에 가뜩이나 피폐해 있는 지구를 위해서도 놈은 사라져야 한다. 나는 오늘이야말로 녀석을 빌라에서 쫓아내든 죽여버리든 하리라 결심을 굳힌다. 이른바 결전의 날이다.

출근길은 여느 날과 다르지 않다. 마을버스에 간신히 끼여 탄 후 전철을 두 번 갈아타는 동안 어쩔 수 없이 살이 닿는 사람들과 눈을 마주치지 않으려 노력하다 보면 녹초가 된다. 그러므로 내게, 회사 건물 앞에서 10년째 직장인의 아침을 책임지고 있는 토스트 가게는 소중한 곳이다. 나는 양배추와 당근이 적절하게 들어간 달걀 토스트를 먹은 후 시럽이 듬뿍 들어간 마키아토를 마신다. 탄수화물, 단백질, 지방, 비타민 등 필수 영양소가 내 몸 구석구석 전달되며 에너지 만드는 것을 느낀다. 비로소 힘이 난다.

오전에 보고서 하나를 올린 후 간단한 회의를 마치고 나자 피곤이 몰려온다. 당이 떨어졌다는 생각에 편의점에 들러 김밥 한 줄과 바나나 우유를 산다. 김밥을 먹으면서 운동도 할

겸 7층 계단을 오른다. 집에 돌아가 녀석과 치를 결전을 생각하니 이상하게 더 허기가 진다. 바나나 우유에 꽂은 빨대에서 쯔즙, 하고 마지막 한 방울이 빨리는 소리를 듣자, 오늘은 기필코 내가 녀석을 쓰러뜨릴 수 있으리라는 자신감이 생긴다. 괜찮은 징조다.

점심시간이 되었는데, 구내식당으로 가고 싶지는 않다. 쇠고기 기름만 떠 있는 무국에 어묵볶음만 먹어서는 녀석을 상대할 수 없으리라는 생각이 들어서다. 오늘은 정말 녀석을 통째로 들어 올려 메치든지, 아니면 계단에서 밀어버리기라도 해야만 하겠다.

10년째 단골인 회사 앞 한식집에 들어선다. 주인은 내가 늘 같은 것만을 먹는다는 사실을 알고 있다. 나는 결코 인생을 막살지 않는다. 어느 식당이든 가장 잘하는 요리가 있게 마련, 다른 음식보다야 그 식당 제일의 음식을 먹어 비용 대비 효율을 높인다. 가령 국빈에서는 라조기와 우동 외 다른 것을 먹지 않고, 북경반점에서는 탕수육과 짬뽕만을 먹으며 태화관에 가야 와사비새우와 중국냉면을 먹는 식이다. 나는 단골 한식집에서 보쌈과 솥밥을 든든히 먹어둔다.

오후에는 오전보다 조금 더 복잡한 일이 생긴다. 작년에 대출 승인을 한 선박업체의 재정 상태가 좋지 않다는 보고

가 들어왔기 때문이다. 업체가 부도라도 나면 우리 쪽 손실은 10억 이상이다. 나를 비롯해 팀원 전체가 엄청나게 스트레스를 받는다. 스트레스가 심할 때는 아이스크림을 먹어야 하는데……. 100수 바이오워싱 가공 원단 베갯잇처럼 부드럽고 새로 산 애프터셰이브 로션처럼 촉촉하며 더운 여름 찬물 샤워처럼 시원한 느낌의 아이스크림……. 이미지는 한번 떠오르자 쉽게 사라지지 않는다. 나는 회사 휴게실에 비치된 계피 사탕 다섯 개를 한꺼번에 까서 먹는다. 아이스크림과 계피 사탕 사이에는 아무런 공통점이 없지만, 적어도 무언가를 먹고 있는 동안 아이스크림에 대한 갈증을 약화시킬 수는 있다.

평소보다 늦게 퇴근을 한다. 퇴근하면서 아이스크림 전문점에 들러 더블콘을 먹지 않았더라면 집까지 가지도 못했을 것이다. 나는 너무 지쳐 빌라 앞에 다다를 때까지도 오늘의 결전을 체감하지 못한다. 쓰레기가 깨끗이 치워진 것을 보니, 그제야 오늘은 정말 녀석과 나 둘 중 하나는 죽으리라는 생각이 든다. 지겨운 놈! 녀석은 다음번 배출일까지 또 쓰레기를 잔뜩 만들어대겠지. 먹고 쓰레기를 만들고 먹고 쓰레기를 만들고 먹고 또 먹고……. 종일 닭 뼈 하나 건지지 못한 게 틀림없는 고양이가 나를 보며 야옹, 운다. 불쌍한 고양이, 고양이

보다 못한 놈! 그나저나 나도 배가 고프다. 이렇게 기운이 없어서야 어떻게 녀석과 싸울 수 있겠는가!

나는 빌라의 계단을 오르면서 갈등한다. 우선 찜닭을 시키는 거다. 너무 짜지 않되 칼칼한 맛이 일품인 안동찜닭으로. 아니다. 녀석과 싸우는 게 급선무다. 그러나 매운 족발에 비빔국수 한 그릇쯤을 먹고 나서 녀석과 싸워도 늦지 않지 않을까? 아니지, 녀석은 그렇게 만만한 상대가 아니다.

이제 3층을 지나고 있다. 302호에 사는 여드름 난 재수생이 빼꼼 문을 여는가 싶더니 도로 쾅 닫아버린다. 재수생도 녀석을 끔찍이 싫어한다. 공부 좀 하겠다고 책상에 앉으면 바로 위층에 사는 녀석이 캔을 우그러뜨리거나 냄비를 긁어대면서 부산을 떨기 때문이다. 재수생은 무엇보다 녀석의 몸무게 때문에 천장이 내려앉을까 봐 잠을 제대로 자지 못한다. 오늘, 녀석을 없애야만 한다. 이 빌라에 사는 누구에게도, 심지어 불쌍한 길고양이에게도 도움이 되지 않는 녀석을 처단해야만 한다. 그러나 내 손은 자꾸만 전화기를 만지작거리고 있다. 닭볶음탕, 감자탕, 순대볶음, 떡볶이, 부대찌개……. 전화기에는 각종 음식을 배달시킬 수 있는 번호들이 들어 있고, 하나하나에 단축 번호가 있다. 나는 결코 인생을 막살지 않는다. 그러니 인생을 막사는 녀석을 오늘 기필코…….

나는 이미 빌라의 가장 꼭대기에 다다라 있다. 근처에 비슷비슷한 빌라들이 빼곡하다. 그 어떤 곳에도 녀석처럼, 지치지 않고 먹기만 하는 인간은 살지 않는다. 녀석이 버는 돈 대부분이 먹는 데에 들어간다. 일하지 못하게 되는 순간, 녀석은 더는 먹을 수가 없으므로 살지도 못할 것이다. 녀석이 일하는 이유는 오로지 먹기 위해서다. 나는 402호 문 앞에서 다시 한번 망설인다. 녀석을 이 빌라 꼭대기에서 밀어버려야겠다는 생각과 동시에 단축 번호 5를 눌러 오리백숙을 시킬까 하는 생각.

나는 반드시 녀석을 굴복시켜야 하는데……. 오늘이야말로 반드시……. 하지만 자동잠금장치의 비밀번호를 누르려던 나는 일시에 무장해제 되고 만다. 바로 옆 401호의 문이 열리더니 저항할 수 없는 김치찌개 냄새가 흘러나왔기 때문이다. 1년은 묵혔음이 틀림없는 김치와 돼지고기 삼겹살이 함께 푹 삶아진 냄새. 401호 여자와 그녀의 갈색 포메라니안이 함께 나온다. 저녁을 먹고 산책을 나서는 모양이다. 여자가 자기 개만큼이나 겁먹은 표정을 하고서 허둥지둥 계단을 내려간다.

나는 강한 찌개 냄새에 사로잡혀 꼼짝도 할 수 없다. 녀석과 오늘 정말 끝장을 내야 하는데……. 생각은 그렇게 하지만 내 손이 어느새 전화기의 단축 번호 3을 누르고 있다. 회사 앞 한식집만큼이나 단골인 가정식 백반집이다. 12번지, 402호시죠? 주인이 내 번호를 알아본다. 내 탓이 아니다. 백반집 주인의 친절함 때문이다. 그냥 전화를 끊어버릴 수도 있었는데 말이다. 보쌈 큰 거랑 김치찌개, 해물파전 맞으시죠? 나는 허물어진다. 주인은 계속 친절하다. 오늘은 정말 반갑지 않은 친절이지만, 나는 오류를 막기 위해 성실히 답한다. 네, 맞습니다. 12번지, 402호. 그러다가 다급하게 덧붙인다. 가능하면 빨리 부탁합니다.

402호 문이 삐걱 열리더니, 내가 상대할 녀석의 웃음소리가 크게 터져 나온다. 나는 한번 제대로 붙어보지도 않고 녀석에게 또 지고 만다. 오늘은 다를 줄 알았는데……. 오늘은 결전의 날인데……. 울상을 짓고 선 나를 녀석이 세게 휙 끌어당긴다.

【 흐르는 말 】
자신과의 싸움은 죽어버리지 않는 한 끝나지 않는다. 어쩌면 이기는 게 삶이 아니라 싸우는 게 삶이다.

나를 안다고 하지 마세요

조심해야 합니다. 발이 땅에 닿으면서 생기는 진동이 아기 지빠귀들을 깨우지 않도록. 귀 끝에서 떨어져 나간 무분별한 털 하나가 근처에 있는 어미 지빠귀의 코를 간질이지 않도록. 조용히 빠르게, 오솔길을 가로지릅니다. 언 땅을 뚫고 나오느라 녹지근하게 몸이 풀어진 풀들은 내 무게를 불만스러워하지 않습니다. 오히려 관심을 보이네요. 거기 욱신거리는 곳, 좀 더 세게 밟아봐. 그들 중 하나가 내게 특별한 주문을 하더니, 친근한 척 인사를 건넵니다. 봄이 왔네! 그러나 정신을 집중해야만 하는 나는, 아주 금방 여럿 중에 하나가 되어버릴 그 풀에게 대답할 필요를 느끼지 못합니다. 나는 살아야 하고 살기 위해 새둥주리가 있는 나무까지 가야 하므로, 다른 것들에 눈을 돌릴 여유가 없습니다. 신중한 내 발걸음은 목표한 나무를 향해 흔들리지 않습니다. 이제 속도를 냅니다. 더 빠르게. 더 민첩하게!

아기 새들은 다급한 비명 한번 제대로 지르지 못했습니다. 나는 겨우내 완전히 소진해버린 단백질을 정신없이 보충합니다. 두 마리, 혹은 세 마리였을 텐데, 미처 세어보지는 못했습니다. 나는 그들을 제대로 보지 않습니다.

이제 나는 입가에 묻은 붉은 피와 보드라운 깃털 몇 개를 닦아내며 만족스럽게 돌아섭니다. 하지만 돌아서는 바로 그 순간, 나는 벌써 불안합니다. 누가 나를 보지는 않았겠지요? 아무도, 아무도 나를 보지 않았어야 합니다. 세상 온갖 일들을 뒤죽박죽으로 섞어버리는 너도밤나무의 가지와 잎들은 증인이 되지 못할 겁니다. 저 아래 꽃들은 자신들에게만 관심이 있을 테니 보아도 보지 않은 것과 다름없을 테고, 바람은 어차피 흘러서 흩어지는 노래만을 부를 테니 상관없습니다. 그래도 혹시 누군가가?

나는 나를 볼 수도 있을 수백의 눈들을 미리 두려워합니다. 당신들은 자주 내 꼬리털이 지나치게 기름지거나 야무져 보이지 않아 순수하다고 말하고, 까만 내 눈이 잔인하거나 어리석어 보이지 않는다고 칭찬합니다. 당신들은 내 근면함을 본받고 싶어 하고, 열심히 나무껍질을 갉는 모습을 보고 동정을 금치 못하기도 합니다. 인간들에게 나는 당근 조각이나 잣 등 피가 흐르지 않는 무구한 것만을 먹고 다니는 꿈같은 동물입니다. 당신들은 어찌나 나를 곱게 여기는지, 다음과 같은 사항을 권고하기도 합니다.

새끼를 발견하는 경우, 따뜻한 물병과 버찌씨 쿠션으로 따뜻하게 해주고, 꿀을 넣은 우유와 종합 영양 시럽을 먹일 것. 또한 소화를 돕는 배 마사지를 해주시오.

그러므로 나는 당신들 앞에서 씨앗이나 열매, 버섯 등을 단정하게 안고서 기꺼이 사진에 찍혀주기도 합니다. 하!

이제 당신들은 내가 무엇인지 알 것입니다. 그러나 당신들이 알고 있는 그것이 나라고 확신하지 마세요. 내 이름이 날다람쥐든 청설모든, 프레리도그든 슈거글라이더든 그 어떤 것이라 할지라도 내 본질을 드러내는 건 아니니까요. 나는 결코 당신들이 디즈니 만화영화 따위에서 그리는 작고 예쁜 인형이 아니랍니다. 나는 사실 다정하지도 깜찍하지도 않으며, 맑은 이슬에 목을 축이지도 않고 초저녁 달빛에 몸을 씻지도 않습니다. 나는 생물학적 계통상 분명 '쥐'에 속한답니다. 그러므로 나는 아직 깃털도 마르지 않은 새끼 새나 이제 곧 부화를 시작하려는 알, 심지어 작은 도마뱀이나 개구리까지 아주 맛있게 먹어치울 수 있답니다. 그렇습니다. 설치류에 속하는 나는 당연히 육식을 합니다. 도토리나 호두만을 굴리는 게 아니라 떨어진 에너지를 보충하기 위해 고기도 뜯고 피도 마십니다.

때로 나는 콧수염에 진초록의 진흙이나 다른 동물의 분비물 따위를 묻힌 채 음습한 골목을 누비고 다녔던 기억을 떠올리며 밤잠을 이루지 못하기도 합니다. 때로 나는 생선 내장이 비린내를 풍기는, 대수롭잖게 잊힌 사체가 굴러다니는 시궁창에서의 끈적끈적한 밤을 그리워하기도 합니다. 당신들이 귀엽다고들 하는 표정으로 내가 무언가를 갉고 있는 것은, 사실 끝없이 자라나는 아래위 한 쌍의 앞니가 턱이나 두개골을 뚫지 못하게 하기 위해서일 뿐입니다. 6천만 년을 이어온 유전자의 확고부동한 명령 때문이지요. 그러므로 내게는 천형인 그 행위를 놓고 당신들이 귀여워 죽겠다는 표정을 지을 때, 나는 그저 허탈하게 웃곤 합니다. 오해를 이해로 바꾸려는 노력 따위는 더 이상 하지 않습니다.

이 모든 것들은 내가 원하지 않았어도, 또한 선택하지 않았어도 내게 있습니다. 그렇습니다. 이게 바로 나랍니다. 일정한 생활 패턴을 유지하고 정해진 사유의 틀을 벗어나지 못하는 것은 내가, 다른 누구도 아닌 나이기 때문입니다. 나는 나입니다.

그러나 나는 여전히 내 앞에 아몬드나 해바라기 씨 등을 들이밀며, 쭈쭈거리는 당신들의 편견에 찬물을 끼얹을 용기가 없습니다. 푸른 안개 사이로 고개를 내미는 나, 허공에 뻗은 나뭇가지를 따라 빠르게 이동하는 나, 슬프고 조용하게 귀를 쫑긋거리는 나를 아주 잘 안다고 자신하는 당신들을 조롱할 수 없습니다. 당신들의 평판이 내 근육에 붙어 있는 피부처럼, 이제 내 일부가 되었기 때문입니다. 피곤합니다. 하지만 사랑스럽게 나를 보는 당신들을 실망시키고 싶지 않아 나는 다시 앞니를 반짝이며 커다란 알밤 한 알을 들어 보입니다. 미친 듯이 쳇바퀴를 돌리면서도 자학하지 않는 척, 즐거운 척 연기를 하기도 합니다. 우레와 같은 박수가 터져 나옵니다. 그 박수가 진심이라 나는 더욱 지칩니다. 달리 방법이 없어진 나는 엉덩이와 꼬리를 살짝 흔들어준 후 쏜살같이 숲속으로 사라지기도 합니다. 수줍은 내 모습을 찍은 사진이 인터넷에 돌아다닙니다. 나는 먹을거리를 잔뜩 모아둔 안전한 내 동굴로 돌아옵니다. 동굴로 들어서는 순간, 나는 안심하고 늙어버립니다. 그리고 다 먹지도 못할 비축된 양식들을 보며 비겁하게 혼자 뇌까립니다.

나를 안다고 하지 마세요. 나도 나를 알지 못한답니다.

【 흐르는 말 】
이해는 온갖 나물을 올린 비빔밥이다. 맛을 제대로 살리는 건 오해라는 참기름이다.

2.
쉬운 어긋남

우연의 도시

더블린은 우연의 도시였다. 장이 그 사실을 몰랐다면, 그것은 전적으로 그의 책임이었다.

나는 더블린 공항이 예비한 우연에 놀라지 않았다. 택시 운전사가 된 지호는 삶의 5분의 3쯤은 늘 이불 밑에 숨겨두고 다니는 사람의 얼굴을 하고서 말했다. 이거 놀라운데, 너를 다시 만나다니! 나는 추위를 느꼈다. 아일랜드는 차갑고 습한 바람이 부는 섬나라였다.

도시가 나를 환영하기 위해 쭈뼛거리며 팔을 벌렸다. 나는 외면했다. 더블린이 정말 나를 반기는지 확신할 수 없었다.

지호와 나는 계산을 확실히 하려는 채무자와 채권자처럼 그간 어떻게 지냈는지에 대해 줄 것을 주고 받을 것을 받았다. 계산은 오래 걸리지 않았다. 헨델 호텔에 내려주면서 지호가 말했다. 다 함께 한번 봐야지. 나는 고개를 끄덕였다.

하지만 '다 함께 한번 보는 일'은 우연이 아니고서는 불가능할 터였다. 지호는 택시비를 받지 않았다. 2년 전의 그는 택시기사를 꿈꾸지 않았다. 나는 유나에게 전화를 넣으려다 말았다.

헨델 호텔은 헨델의 메시아를 초연한 음악당이 있는 피셤블 거리에 있다. 1742년 4월에 첫선을 보인 메시아는 대단한 성공을 거두었다. 헨델의 심경은 복잡했을 것이다. 실패하지 않았다는 안도감과 함께 그렇게까지 호평 받을 줄 알았더라면 애초에 더블린이 아닌 런던에서 밀어붙였어도 됐으리라는 아쉬움…… 나는 짐을 풀지 않고 그대로 호텔을 나섰다. 사시사철 관광객이 많은 곳이었다. 호텔 카페에서 플랫화이트 커피 한 잔을 사서 들고 동상 앞에 섰다. 벌거벗은 지휘자가 봉을 높이 치켜든 채 하늘을 향해 지휘하고 있었다. 거기 구름, 물푸레나무, 울새, 박자 맞춰야지, 집중해! 나는 구름이나 나무, 새를 보는 대신, 쇠붙이로 만들어져 생동감이 없는 동상의 성기를 바라보았다.

크라이스트 교회 옆길을 따라 천천히 걸었다. 리피 강이 보이는 골목 끝에, 거뭇거뭇한 흰 토끼와 털이 엉킨 개를 데리고 있는 거지가 여전히 있었다. 2년 전과 크게 다르지 않았다. 개와 토끼를 데리고 다니면서 구걸을 하는 그 남자를, 그 시절의 우리는 개토끼라 불렀다. 우리는 강 주변에서 불쑥 나타나곤 하는 개토끼에게 동전 몇 닢을 적선하곤 했다.

아일랜드 유학 생활에 지친 당시의 친구들과 나는 자주 리피 강변을 쏘다녔다. 흐렸다가 비가 오는 날에는 강 북쪽에서, 비가 왔다가 흐려진 날에는 강 남쪽에서 술을 마셨다. 쓸데없는 논쟁은 흥건한 술자리에 마침맞은 안주였다. 우리는 거지가 토끼와 개를 구걸에 이용한다는 쪽과 거지가 구걸을 해서 토끼와 개를 먹여 살린다는 쪽으로 나뉘어 입씨름을 했다. 어느 날, 아디다스 줄무늬 저지를 입은 짓궂은 10대들이 그의 개를 리피 강에 빠트렸다. 우리는 거지가 주저 없이 물에 뛰어드는 장면을 목격했다. 거지가 개를 구했을 때 장이 그를 일으켜 세웠고 내가 그에게 손수건을 건네주었다. 그 일이 있은 후 장과 나는 연인이 되었다.

2년이나 지났는데도 개토끼가 나를 알아보았다. 그는 심지어 훈민정음 한글 자모 무늬가 있는 내 손수건을 돌려주기도 했다. 나는 꼬질꼬질한 손수건을 받아든 후 가지고 있던 동전 모두를 깡통에 떨어뜨렸다. 개토끼, 그리고 개와 토끼를 위해서였다.

리피 강가를 헤매던 당시의 우리는 술을 지나치게 마셔댔다. 취한 우리는 취하지 않은 상태에서 하는 말들의 세제곱쯤에 해당하는 말들을 쏟아냈고 쏟아낸 말들을 처리하지 못해 관계를 비틀어버리곤 했다. 누군가가 섬세하고 성실한 신을 들먹이자 다른 누군가가 빈틈투성이인 게으른 신을 들고 나왔다. 두 신의 존재 여부는 불분명했지만, 고집부리고 다투는 인간들의 존재는 분명했다. 우리는 헤아릴 수 없이 많은 말들이, 의미들이 강 깊숙이 가라앉아 사라지는 것을 보았다. 그때의 '우리' 중에는 지호가 있었고 유나가 있었으며 그리고 장과 다른 몇몇이 더 있었다. 유나는 지호를 사랑했으나 지호는 나를 사랑했고 나는 장을……. 다행스럽게도 강은 우리의 감정 따위에 현혹되지 않았다.

오코넬 거리를 거쳐 파넬 동상을 지나 레스토랑 김치에 다다랐다. 식당은 여전했다. 끈적거리는 코팅지에 싸인 간이 메뉴판이 테이블마다 세워져 있었고, 미국 시장을 휩쓸었다는 K팝 가수들의 노래가 흘러나왔다. 나는 내부를 빠르게 돌아본 후 식당과 이어진 펍으로 갔다. 대머리인 바텐더 잭은 눈썹이 예전보다 조금 더 아래로 내려와 있었다. 나는 그와 이쪽저쪽 뺨을 맞대며 인사를 나누었다. 잭이 두 번에 걸쳐 경쾌하게 기네스를 따라주었다. 뿌연 맥주가 검은 정장을 갖춰 입고 흰 거품 모자를 단정히 올려 쓰기까지 시간이 좀 걸렸다. 나는 천천히 잔을 비운 후 더블린의 옛정에 조금이나마 안도하는 마음이 되어 펍을 나섰다.

서두를 필요가 없었으므로 천천히 왔던 길을 되짚어 갔다. 새천년 기념탑 주변에 한 무리의 한국인 관광객이 보였다. 가이드 중에 아는 얼굴은 보이지 않았다. 2년 전 장은 나와 함께 한국에 돌아간 후 아일랜드에 문구류를 수출했다. 1년 만에 사업이 망하자, 골프 투어와 문화 체험 등을 위주로 한 아일랜드 관광 안내를 시작했다. 돈 많은 한국 사람들이 고객이라 수입은 나쁘지 않았다. 장은 한 달에 두 번 이상 아일랜드를 방문했다.

오후 아홉 시가 가까워졌는데도, 해는 완전히 가라앉지 않왔다. 기념탑 왼편 골목 어귀 조이스 동상 주변에는 아직 관광객이 많았다. 오쟁이 진 사색가를 창조한 천재 작가는 안경 너머로 시선을 감춘 채 비딱하게 서 있었다.

처치 펍을 거쳐 템플 바 거리에 다다르자 누가 부르는지 알 수 없는 〈골웨이 걸〉이 흘러나왔다. "그녀는 아일랜드 밴드에서 바이올린을 켜지. 그런데 잉글랜드 남자와 사랑에 빠졌어……." 〈골웨이 걸〉은 인기가 많았다. 템플 바는 여전히 사람들로 가득 차 발 디딜 틈이 없었다. 검은 맥주 냄새가 관광객들 사이로 안개처럼 피어오르고 있었다. 동시에 그들로부터 흘러내린 노곤한 먼지가 하품을 뿜어내며 가라앉고 있었다.

거리가 날을 새로 열겠다는 듯 휘황한 빛들을 뿜어냈다. 유나와 지호, 장 모두에게서 문자가 들어와 있었다. 내가 어디에 있는지 꿈에도 모를 장이 보낸 문자만을 확인했다. '같이 왔더라면 좋았을 텐데. 여기는 여전해.'

나는 거리가 한 잔만 더 하자며 내미는 손을 가볍게 뿌리치고 헨델 호텔로 돌아갔다. 단정한 차림의 호텔 직원이 디드로 소설의 자크처럼 갱무도리更無道理한 표정으로 나를 바라보았다. 모든 것이 저 높은 곳에 쓰여 있습지요. 그가 말하는 듯했다.

잠시 자고 일어났는데 아주 오래 푹 잔 듯 개운했다. 객실에서 창문을 열고 여러 무리의 관광객들이 드나드는 것을 보았다. 나는 등이 파인 원피스를 입고 하이힐을 신은 후 택시를 잡았다. 이번에도 택시기사는 지호였다.

택시는 캐슬 호텔에서 멈췄다. 입에 등불을 밝힌 두 사자 동상의 태도는 불분명했다. '환영하지만 환영은 영원히 미뤄질 수도 있어.' 나는 1742년의 헨델처럼 더블린이라는 운명의 주사위를 던진 셈이었다. 하지만 헨델처럼 잔뜩 긴장하고 있을 필요는 없었다. 내게는 메시아와 같은 아름다운 곡이 없었으니까.

정문에서 조금 떨어진 작은 문을 통해 호텔 안으로 들어갔다. 레스토랑과 바를 빠르게 훑었다. 아는 얼굴은 없었다. 안내하기 위해 다가오려는 바 직원에게 괜찮다는 의미로 고개를 끄덕인 후 곧장 로비로 향했다. 남자 직원이 다갈색 눈동자를 입안의 사탕처럼 굴리며 나를 바라보았다. 내가 말했다.

진우 장 이름으로 투숙하고 있어요. 잠시 나왔는데 열쇠를 깜빡했네요. 자고 있는 남편을 방해하고 싶지 않은데, 열쇠 하나만 더 받을 수 있나요?

직원은 남편과 함께 온 동양 여자와 나를 구별하지 못하는 게 분명했다. 나는 대부분의 서양인들 눈에 동양인들, 특히 동양 여자들이 비슷비슷해 보인다는 것을 알고 있었다. 나는 조이스처럼 비딱하게 서서 자신 있게 웃었다. 직원이 예상 외로 조심스럽게 말했다.

그렇다면 마담, 제가 함께 가서 열어드리겠습니다.

나는 직원의 뒤에 서서 한 발 한 발을 꼭꼭 내디뎠다. 모종의 치밀한 계략을 가진 어떤 손과 세상일에 관여하기 싫어하는 무심한 손이 하나로 겹쳐지고 있었다. 나는 두 손을 한꺼번에 부여잡았다. 캐슬 호텔은 예전에 내가 프러포즈를 받고 싶다고 지명한 곳이었고, 장과 나는 이곳의 캐노피 침대에서 사흘을 뒹굴었다. 방은 3층에 있었다. 직원이 열쇠를 끼워 돌리는 사이 나는 여러 장면이 겹쳐진 심연으로 떨어졌다.

문을 연 후 장과 여자를 확인하기까지 10초도 걸리지 않았다. 나는 당황하여 어쩔 줄 몰라 하는 직원을 버려두고 그대로 몸을 돌려 호텔을 빠져나왔다. 나를 기다리고 있던 지호가 택시 문을 열어주었다.

다시 찾은 더블린에 우연 따위는 없었다. 유나와 지호와 나는 중학생 시절 비슷비슷하게 아일랜드로 유학을 와 고등학교를 마치고 대학에 진학하기까지 내내 친구였다. 장처럼 잠

시 더블린에 왔다가 떠나가는 뜨내기들은 많았다. 내가 장을 따라나서겠다고 했을 때, 유나와 지호는 반대하지 않았다. 그러나 그들은 호시탐탐 나를 찾을 기회를 엿보았다. 도시 역시 내내 나를 기다렸을 것이다.

지호가 공항에서 나를 만나 놀랍다고 한 것은 농담일 뿐이었다. 지호는 내가 장에게 놀아나지 않기를 바랐다. 헨델 호텔이 장과 내게 얼마나 의미 깊은 장소인지는 유나가 더 잘 알았다. 유나는 근처를 지나다가 이상한 장면을 보았다고 했다. 장이 내게 야한 농담을 던지곤 했던 호텔 옆 지휘자 동상 아래서였다. 장의 입에 묻은 플랫화이트 커피 거품이 내가 아닌 다른 여자의 입으로 건너갔다.

기억력이 비상한 개토끼는 장이 한 무리의 한국 관광객들을 끌고 정확히 어디에서 어디로 이동해 갔는지를 알려주었다. 그는 눈썰미도 상당해서 지난 1년간 장과 붙어 다녔던 동양 여자와 나를 쉽게 구분했다.

바텐더 잭은 장에게 했던 버나드 쇼의 말을 내게도 했다. "아름답고 선량한 비너스는 사랑의 여신이고, 성질 더러운 주노는 결혼의 여신이다. 이 둘은 치명적인 적이다." 잭은 장이 다른 여자를 데리고 왔으므로 우리가 오래전에 헤어진 줄 알았다고 했다. 나는 장이 내게 조금도 미안해하지 않는다는 사실을 알았다.

김치에서 저녁을 먹었다면, 다음 일정은 뻔했다. 펍 투어였다. 나는 장과 일행의 펍 순례가 끝나기까지 산책을 즐겼다. 장이 중간에 내게 보낸 문자, '같이 왔더라면 좋았을 텐데'의 의미는 '당신이 끔찍하게 싫어'였다.

그러므로 나는 그가 캐슬 호텔에 가리라 예상했다. 내가 그 호텔이 더블린에서 가장 아름답다고 했고 또한 프러포즈를 받은 곳이기 때문이었다. 나는 장이 최선을 다해 나를 기만하기 위해 그 호텔에 묵으리라고 확신했다. 장은 이미 그럴 수 있었다.

더블린은 우연의 도시가 아니었다. '우연'은 무능하고 게으른 신이 세상을 외면할 때가 아니라, 신이 세상으로부터 외면당했을 때에만 일어나기 때문이다. 다시 찾은 더블린에서 나는 신을 외면한 일이 없었다.

그럼에도 불구하고 더블린은 우연의 도시였다. 예전의 우리, "유나는 지호를 사랑했으나 지호는 나를 사랑했고 나는 장을⋯⋯."이라는 문장으로 열거되었던 우리가, 또 리피 강이, 개토끼가, 바텐더 잭이, 그 밖에 도시의 모든 것들이 신의 섭리를 거슬러 나를 연루시켰기 때문이었다.

나는 도시를 향해 팔을 벌렸다. 더 이상 환영을 미루지 않아도 돼. 겹쳐진 스며듦, 중복된 관여에 능수능란한 도시가 비로소 안도했다는 듯, 나를 꼭 끌어안았다.

【 흐르는 말 】
더블린이라는 도시명은 검은 웅덩이Dubh Linn라는 뜻의 게일어에서 비롯되었다고 한다. 더블린은 내게 늘 Duble In으로, 거의 '이중의 진입'에 가까운 의미로 다가온다.

도끼는 도끼다

　남편과 아내가 함께 산 지 15년째였다. 두 사람은 더 이상 다투지 않았다.

　남편이 포크와 나이프에 적당히 힘을 주어 안심 스테이크를 먹기 좋게 자른다. 남편은 식기류가 부딪히는 소리를 내지 않고도 고기를 깔끔하게 자를 줄 알았다. 아내는 스테이크에 손도 대지 않고 있었다. 남편이 다 자른 스테이크가 담긴 자신의 접시를 아내의 접시와 바꿨다. 먹어봐, 부드러워. 아내는 대답 없이 고기를 내려다보았다. 레어로 익힌 두툼한 고기 사이로 핏물이 흘러나오고 있었다. 아내는 예전에 바짝 익힌 고기만을 먹었다.

　남편은 자상하다. 일주일에 세 번 아이들을 학원에서 데리고 오는 일도 대개 남편이 했다. 회식 때문에 어쩔 수 없이 술을 마셔야 하면 가급적 적게 마시고 그마저도 토해낸 후 운전대를 잡았다. 아이들은 그들이 찾아 헤맬 일 없는 가장 안전한 곳에서 주차를 하고 기다리는 아빠에게 익숙했다. 차 안에는 아이들이 마실 물과 간식이 준비되어 있었다. 이동하는 동안 아이들이 배고파서 아우성을 친 일은 단 한 번도 없었다. 아이들은 드물게 엄마가 데리러 오는 날 짜증을 내곤 했다.

　남편과 싸울 일 없던 아내가 어느 날 여러 종류의 인조 꽃을 산다. 스타티스, 구즈베리아, 데이지, 베고니아……. 날 때부터 죽음이 자연스러웠던 가짜 꽃들은 진짜 꽃과 크게 다르지 않았다. 아내는 향기도 없고 생명력도 없는 그 꽃들을 검은 비닐봉지에 넣었다. 비닐봉지만큼 불투명한 비밀 하나가 창고 구석에 던져졌다.

　남편과 아내가 장을 보고 있다. 남편은 쇼핑카트를 밀면서 아내가 건네주는 식품의 유통기한이며 성분을 꼼꼼히 체크했다. 그램당 단가를 비교해 더 싼 것을 고르기도 하고 제조 회사의 브랜드 가치를 따져 다른 물건으로 바꾸기도 했다. 아내가 건넨 물건들 대부분이 남편에 의해 비슷한 다른 상품으로 교체되었다. 남편의 걸음은 자꾸 지체되었다. 아내는 저만치 갔다가 남편이 있는 곳으로 다시 돌아오곤 했다.

남편이 설거지를 하고 있다. 화학계면활성제 함량이 낮은 세제는 남편이 신경 써서 고른 것이다. 남편의 큰 손을 피하는 요령 좋은 밥풀 따위는 없다. 그릇들이 뽀드득, 개운한 소리를 내며 닦였다. 아내가 씻을 때는 한번 제대로 깨지는 게 소원이었다는 듯 부주의하게 미끄러지던 그릇들이, 남편 앞에서는 언제 그랬냐는 듯 얌전을 떨며 선반 위로 올라갔다. 남편은 개수대 주변까지 반짝반짝 윤나게 닦는 것을 잊지 않았다.

남편을 미워할 이유가 없는 아내가 어느 날 철물점에 들른다. 날이 잘 선 손도끼를 골랐다. 공적인 밤 사적인 고독에 빠져 있는 초승달처럼 은밀하게 도끼가 빛났다. 아내는 지난번에 산 인조 꽃처럼 손도끼 역시 검은 비닐봉지에 담아 창고 깊숙이 넣어두었다.

남편이 출장을 다녀오면서 기내에서 산 면세 화장품들을 끄집어내고 있다. 립스틱과 향수, 파운데이션뿐만 아니라 아내가 쓰는 기초 화장품까지 종류별로 다 있다. 대형마트나 아울렛에서보다 더 싸게 샀다며 남편은 흡족해했다. 아내가 서랍을 열었다. 그간 남편이 사주었으나 아내의 관심을 끌지 못했던 다른 화장품들이 실망할 겨를도 없이 새 식구 아래 깔렸다. 아내는 어둡고 갑갑한 서랍 속 일상을 동정하지 않았다.

남편과 아내가 함께 여행을 간다. 남편은 여행 일정을 짤 때도 빈틈이 없었다. 상품이 취소되는 경우 제대로 환불받을 수 없는 곳을 우선 제외시킨 후, 비슷한 가격대에 가장 많은 곳을 돌아볼 수 있는 여행사를 골랐다. 남편은 커뮤니티에 가입하고, 사례를 검색하고, 댓글을 읽거나 달고 질문을 남기느라 밤을 새웠다. 지나친 이익을 추구하려는 여행사의 교묘한 술책이나 가이드의 안이한 태도가 남편에게 포착되지 않는 경우는 거의 없었다. 다음에는 어디로 갈까? 남편이 묻자 아내가 무어라 우물거렸다. 우물거린 말은 남편에게 닿지 않았다.

그런 남편을 둬서 어쩌면 마땅히 감사해야 할 아내가 어느날 창고에서 검은 봉지들을 꺼낸다. 아내는 진짜 도끼에 가짜 꽃들을 달기 시작했다. 스타티스와 구즈베리아, 데이지와 베고니아를 도끼날과 손잡이가 연결된 부위에 목도리처럼 둘렀다. 생명 없는 꽃들은 생명 있는 꽃들처럼 무르지 않아 가는 철사로 친친 동여매도 꽃잎 하나 떨어지지 않았다.

남편은 이제 더 이상 빈틈없을 수 없다. 손해 보지 않을 수도 없었다. 주의 깊을 수도 계획적일 수도 절약을 할 수도 없었다. 남편은 아무것도 통제할 수 없었다. 죽었다.

경찰이 아내의 손에 수갑을 채운다. 아내 앞에는 꽃장식 달린 도끼가 놓여 있었다. 스타티스의 꽃말은 영원한 사랑. 구즈베리아는 만족. 데이지는 천진난만함. 베고니아는 친절. 피로 물든 꽃들은 원래의 색깔을 잃었다. 아내가 검붉은 꽃들을 멍하니 내려다보았다.

왜 남편을 죽였나요?

형사가 물었다. 아내가 퍼뜩 정신이 들었다는 듯 눈으로 도끼를 가리키며 형사에게 반문했다.

도끼에 꽃을 달면 도끼가 아닌가요?

【 흐르는 말 】
"내가 아니라 다 너를 위해서야."라고 말하던 멘탈 뱀파이어를 끊어낸 경험이 있다. 홀가분했다.

비밀

비밀을 누설할 수는 없어.

여자가 자신의 보따리를 반려견처럼 껴안으며 말했다. 파란 물결무늬가 있는 보따리는 작은 쿠션만 한 크기였다. 여자가 품에 안기에 마침맞아 보였다. 여자의 집에서 우연히 발견한 그 보따리를 두고 몇 시간째 실랑이를 벌인 남자가, 쉽게 떠올릴 수 있는 불쾌한 일들을 상상하며 말했다.

우리가 이렇게 가까워졌는데도?

여자가 보따리의 매듭에서 나온 네 깃 중 하나를 손가락에 감아 배배 꼬기 시작했다. 평소에는 제 머리를 감아 돌리곤 하던 손가락이었다. 남자는 귀엽게 여겼던 그 손짓마저 짜증스러웠다.

내 비밀을 알고 나면 다들 나를 떠나갔어.

여자의 목소리가 맥주 거품 가라앉듯 꺼져가고 있었다. 무언가를 제대로 지켜온 사람의 목소리 같지는 않았기에, 남자는 자신감을 얻었다. 앉은 자리에서 갑자기 여자의 보따리에 손을 뻗었다. 하지만 여자는 뜻밖의 순발력을 발휘해 몸까지 돌려가며 보따리를 사수했다. 남자는 여자가 같은 상황을 여러 번 겪었으리라 짐작했다.

그까짓 보따리가 나보다 소중하다는 거네?

여자의 눈이 미세먼지 많은 날의 서울타워처럼 흐려졌다. 비단 남자가 아니더라도 누구에게나 가학증을 유발할 수 있는 눈빛이었다.

선택해. 나야, 네 비밀이야?

너를 사랑해.

나를 사랑한다고? 거짓말! 너는 나보다 보따리를 더 사랑하잖아.

남자가 양손으로 고통 가득한 얼굴을 문질렀다. 문지르면 고통이 닦이기라도 하는 듯 절실하게 손을 움직였다. 분노와 비애로 인상을 구긴 남자가 말했다.

사랑하면 모든 걸 솔직하게 털어놓을 수 있는 거잖아.

남자는 자신이 여자를 얼마나 사랑하는지를 떠올렸다. 누구를 만나도 무엇을 입어도 언제 먹어도 어디를 걸어도, 여자가 생각났다. 여자를 사랑했기에, 사소해서 더 요지부동일 것 같던 여러 가지 습성을 버렸다. 우선 가슴에 늘 품고 다니던 사직서를 찢어서 버렸다. 전철이나 버스의 작은 공간을 두고 치열하게 다투는 사람들에게 떠밀릴 때도 눈살을 찌푸리지 않았다. 제값을 하지 못하는 음식을 먹고 나오면서도, 저도 모르게 "또 올게요."라고 흥겹게 인사할 정도였다. 사람들이 상투적으로 하는 말처럼 영혼의 짝을 만났다고, 사랑으로 세상이 아름다워졌다고 믿었다.

남자는 여자도 자신처럼 사랑에 빠졌다고 믿었다. 그런데 날벼락처럼 결코 보여줄 수 없다는 보따리가 등장했다. 사랑하는 남자에게 보여줄 수 없는 비밀이라면, 결국……. 남자는 창의적인 다른 상상을 할 수 없는 자신이 싫었지만 어찌할 도리가 없었다. 여자가 비밀이라며 감싸는 그 보따리에 담긴 불결하고 불쾌한 것들이 자꾸 떠올랐다.

여자가 고개를 떨구었다.

미안해. 당신을 사랑하지만, 이 보따리만은 풀 수가 없어.

남자보다 자신의 비밀이 소중하다고 다시 한 번 못 박겠다는 듯, 여자가 보따리를 더 꼭 끌어안았다.

일단 뭔지 알기라도 해야 이해를 하든, 오해를 하든 할 거 아냐.

몇 번 말해? 이건 비밀이라고. 알려줄 수 없으니 비밀이지, 달리 비밀이겠어?

여자의 눈에서, 고독이 본질인 눈물이 떨어졌다. 여자 역시 남자를 만나고서 자신이 얼마나 행복했는지를 떠올렸다. 가슴이 아팠다. 하지만 보따리를 풀 수는 없었다. 강요하는 남자가 원망스러웠다.

너도 똑같아. 다른 남자들이랑 다를 바 없어.

여자는 이전에 만난 다른 연인들을 떠올렸다. 보따리를 보고 다양한 반응들을 보였다. 어떤 남자는 여자가 자신을 애태우려고 전략적인 밀고 당기기를 한다고 보았다. 여자가 전략도 전술도 다른 아무것도 아닌 비밀일 뿐이라고 고집하자, 욕을 하며 떠났다. 어떤 남자는 여자가 자신을 믿지 않는다며 자존심 상해했다. 그는 자신을 신뢰하지 않는 사람을 사랑할 수는 없다며 결별을 통보했다. 통 크게, 보따리가 여자의 과거에 관계된 것이라면 더 이상 캐묻지 않겠다고 장담한 사람도 있었다. 하지만 그 남자는 현재의 여자까지 모를 수는 없지 않겠냐며 끝없이 여자를 구슬리려 들었다. 잔꾀를 부리려던 사람이 최악이었다. 남자는 보따리 따위에 아무런 관심이 없는 척했지만 여자가 잠든 사이 혹은 집을 비운 사이에 미친 듯이 보따리를 찾아 헤매곤 했다.

남자가 지갑이며 전화기 등을 주섬주섬 챙기며 일어섰다.

우리 사랑은 여기까지구나.

여자가 센 불에 구운 김처럼 푸석푸석한 목소리로 남자의 말을 따라 했다.

우리 사랑은 여기까지구나.

남자가 떠난 후 여자가 한숨을 쉬며 보따리를 풀었다. 보따리에는 공기를 넣어 부풀린 완충용 비닐백 외에 아무것도 들어 있지 않았다. 여자는 비닐백을 찢어서 버리고는 네모난 천을 여러 번 접어 갰다.

여자의 비밀은, '보따리에 아무것도 들어 있지 않다'는 것이었다.

【 흐르는 말 】
비밀이 우리에게 주는 것은 자유다. 자유를 보장하지 않는 사랑은 대
개 폭력적인 소유욕일 뿐이다.

징후

크리스마스였다.

진과 나는 대학생들이 소외 아동을 돕기 위해 임시로 연 크리스마스 마켓에 갔다. 나는 굴뚝이 있고 앙증맞은 창들이 달린 캔들하우스를 사고 싶었다. 불을 켠 양초 위에 바닥이 뚫린 집을 덮으면 은은한 분위기가 날 것 같았다. 하지만 진이 캔들하우스와 비슷한 크기의 쿠키하우스를 고집했다. 우리는 크리스마스 연휴 내내, 크래커로 만든 지붕과 벽에 붙은 m&m 초콜릿, 창틀에 붙은 펑거쿠키 등을 떼어 먹으며 방에서 뒹굴었다. 내가 말했다. 크리스마스에 집에서 보내는 것도 나쁘지 않네. 그래도 좀 서운하지 않아? 진이 지붕 일부를 먹어치우며 답했다. 연휴에 나서봤자 춥고, 길 미끄럽고, 차 막혀. 나는 진이 내게 건네준 마시멜로를 받아먹었다. 굴뚝을 둘렀던 눈이었다.

신년 들어 새로 들어온 신입사원 때문에 골머리를 앓던 즈음이었다. 직장 상사가 아니라 아랫사람 때문에 열 받을 수 있다는 사실을 처음 알았다. 그 멍청이의 사수가 되지 않을 수 있다면, 옆 부서 오 대리에게 승진을 양보할 수도 있다고 생각하며 퇴근을 했다. 냉장고 여기저기 굴러다니던 캔맥주가 보이지 않았다. 집에 맥주가 하나도 없어? 먼저 퇴근해서 옷을 갈아입고 있던 진에게 물었다. 글쎄, 없으면 없나 보지. 찬장에도 거실 서랍에도 맥주가 보이지 않았다. 나는 냉동실 문을 열었다가 아무래도 스트레스로 제정신이 아닌가 보다 여기며 도로 닫았다. 언덕길을 다시 내려가 편의점에서 맥주를 사 오면서 혼자 분통을 터뜨렸다.

정확히 다음 날이었다. 기억이 나는 이유는 전날 맥주가 떨어져서 서운했던 마음이 풀리지 않은 상태였기 때문이다. 나는 베란다에 즐비했던 화분들이 모두 사라진 걸 두고 진을 닦달했다. 어차피 다 죽은 풀들인데, 버렸다고 문제가 돼? 진이,

화를 내는 내가 도리어 이상하다는 듯 빤히 쳐다보았다. 사실 화초들은 제대로 물을 주지 않아 드라이플라워보다 못한 상태로 말라 있었다. 서로의 생일이나 기념일에 꽃 대신 꽃나무를 사기로 하면서 하나둘 늘어난 화분들이었다. 진의 말이 틀리지 않았으므로 나는 더 화가 났다. 나한테 말이라도 하고 버렸어야지! 옷장 정리를 하던 진은 내 말에 대꾸하지 않았다.

뭐가 문제인지 알 만하다고 생각한 건 아이를 낳은 친구네 집을 방문하고서였다. 생후 13개월이라고 보기 어려운 우람한 아기가 저녁을 먹는 내내 테이블로 손을 뻗었다. 친구의 아내가 길게 자른 오이를 쥐여주고, 친구가 목마를 태워도 녀석의 에너지는 줄지 않았다. 천사 같은 표정으로 잠이 든다는 아기는 그 집에 없었다. 친구의 아들은, 솜을 많이 넣어 터지기 직전인 쿠션 같은 얼굴로 끝없이 먹고 토하기를 반복했다. 결국 와인 잔 하나가 깨지자, 나는 진과 꼭 들러야 할 데가 있다고 둘러대며 일어섰다. 내 발로 걷어차버린 셈이 되었던 평화가 그럴 줄 몰랐냐는 듯 비아냥거리며 다시 돌아왔다. 내가 피로감에 젖어 투덜댔다. 다시는 애 있는 집에 가서 밥 먹지 않을 거야. 진은 태연했다. 애들이 다 그렇지 뭐. 그제야 나는 진이 그날 저녁 술을 한 잔도 마시지 않았다는 사실을 알았다. 알 만했다. 몹시 불안했으나, 일단 모르는 척하기로 했다.

온 집 안이 지나치게 깔끔해져 놀란 건 봄기운이 완연해지고서였다. 청소전문업체라도 부른 듯 구석구석이 정갈했다. 다 모으면 축구공 크기는 웬만히 될 것처럼 보였던 먼지들이 사라지고 없었다. 옆으로 누워 있거나 거꾸로 꽂혔던 책들도 반듯하게 진열되어 있었다. 금이 가서 테이프를 붙여둔 베란다 위쪽 창이 새것으로 교체된 걸 보고는 조금 더 놀랐다. 진과 내가 깨진 창을 두고, 투명테이프로 붙이면 그만이라고 이구동성으로 말했던 게 떠올랐다. 진은 부지런한 여자가 아니었고 청소를 좋아하지도 않았다. 만 하루 혹은 이틀이나 지나 신용카드를 잃어버렸다는 사실을 깨달았을 때처럼 어쩐지 등골이 서늘했다.

3년째 동거였다. 서류상 도장을 찍지 않았을 뿐, 진과 나는 부부와 다름없이 살았다. 결혼에 대한 무관심 혹은 의지 없음이 우리의 관계를 더 탄탄하게 했다. 서로에게 실망할 것도 기대할 것도 크게 없었다. 우리는 달성 불가능하지 않은 작은 소망과 이해 불가하지 않은 소소한 느낌 등을 공유했다. 동거는 순조로웠다. 진도 나도, 퇴근 후 혹은 주말, 연휴 등에 누군가를 찾아 헤맬 필요가 없었다. 찾아 헤매다 만난 사람과의 자리가 막상 즐겁지 않아 우울해지는 대신, 집에서 맥주 캔을 부딪치며 더는 낭비되지 않는 감정에 감사했다. 우리는 분명 서로를 사랑했다.

그러나 사랑은…….

아기가 있는 친구 집에 다녀오고서도 알아차리지 못했다. 엉뚱한 추정 끝에 나는 어리석게도 이렇게 물었다. 설마 아이라도 갖자는 거야? 깨끗해지고 손질이 된 집을 보고서는 거의 확신에 차서, 진의 피임약을 살짝 찾아보기도 했다. 말끔히 청소를 끝낸 진이 자신이 아끼는 책을 모두 택배로 보낸 후 가방을 들고 나가고서야, 모든 게 착각이었음을 알았다.

그러니까 지난 크리스마스 때부터였던 것이다.

진이 캔들하우스 대신 쿠키하우스를 택한 건 더 이상 추억을 만들고 싶지 않아서였다. 과자로 만든 집은 진과 나의 입, 그리고 적절한 소화기를 거쳐 항문으로 빠져나간 후 사라졌다. 진은 자신이 떠난 자리에 흔적이 남지 않기를 바랐다. 함께 있음을 축복하며 마시던 맥주를 치워버린 것도 같은 이유에서였다. 죽은 화분을 정리한 건, 진이 떠난 후 내가 울음이라도 터뜨릴까 싶어 배려한 차원에서였을 것이다. 나는 사랑이 끝나가는 징후 중 어느 하나도 제대로 눈치채지 못했다. 사랑은…….

　사랑이 착착 치워지고 있었다는 사실을 뒤늦게 안 나 홀로 집에 남았다.

【 흐르는 말 】
이별의 징후는 예의 바르고 친절하다. 불쑥 찾아오는 일이 없거니와 세세히 미리 말해준다.

왜?

왜 우는 거야?

왜?

도대체 왜 울지?

우는 사람 하나 때문에 술맛이 떨어지기를 원치 않는 친구들이 번갈아가며 물었다. J 역시 자기 때문에 자리의 흥이 깨질까 봐 염려스러웠지만, 울음을 멈출 수 없었다.

비가 와서 우는 거야?

친구 A가 묻자, J는 고개를 가로저었다. A는, 팔자가 편하면 날씨 때문에 울기도 한다고 생각하며 J를 마뜩잖은 눈으로 쳐다보았다. J는 자신에게 물어주는 친구들이 있어서 위안이 되었다. 물론 그런 내색을 하지는 않았다.

안락사당한 개들 때문에 우는 거야?
얼마 전에 반려견을 떠나보낸 B가 물었다. 요즘 그녀는 고양이를 입양할까 생각하고 있었다. 다들 B가 가끔 SNS에 올리기도 했던 귀여운 시추를 떠올렸다. J는 다시 고개를 젓고는 바닥에 남은 맥주를 깨끗이 비웠다. 누군가가 여기 맥주 다섯 잔 추가요, 라고 외쳤다.

부끄러워서 울어?
열 개 손톱 중 네 개에 큐빅을 박은 친구 C가 도전적으로 물었다. C는 부끄러움이란 아직 지킬 게 남아 있는 자들이나 갖는 감정이라 생각했다. J는 여전히 답을 하지 않고, 눈물로 흠뻑 젖은 냅킨을 반으로 접었다. 화장이 지워진 눈가 전체가 빨갰다.

혹시 시험관 아기로 태어나지 않은 게 서러운 거야?
여러모로 술이나 진탕 마시고 싶었던 D가 마지못해 물었다. 친구들은 그녀가 불임 때문에 오래 고생하다가 지금은 포기해버렸다는 걸 알고 있었다. J는 너무 울어 귀가 멍해진 상태라 D가 하는 말을 제대로 알아듣지 못했다. 테이블에 있던 냅킨을 다 써버렸다는 데에 생각이 미처 가방을 뒤져 손수건을 꺼냈다.

우리도 울었던가?

누군가가 묻자 다른 누군가가 답했다.

우리 모두 강물이나 바닷물이 될 때까지 울어본 적 있지.

물어본 친구나 대답한 친구나 아차, 싫었다. 그들 모두 옛이야기라면 신물이 났다. 모두 약속이나 한 듯 술잔을 높이 들었다. 하나 마나 한 말은 '건배'로 물리쳐야 했다.

그래도 J는 계속 울었다.

왜? 도대체 왜?

모두 화가 난 듯 J가 우는 이유에 대해 떠들어대기 시작했다.

살 날이 많이 남아 그런 거지.

머리 염색이 잘못된 거야.

커피인 줄 알고 마셨는데 쌍화차였던 거야.

먼 나라에서…….

수다가 이어졌다. J는 그냥 계속 울었다.

울어라, 울어.

너는 울고 우리는 웃고.

친구들이 포기했다는 듯 말했다. J는 묵묵히 코를 팽, 풀었다. 이제 손수건도 흥건했다. J의 대답을 듣지 못한, 설령 언젠가 이유를 들어도 안 들은 것과 크게 다를 바 없을 친구들이 한 번 더 500시시 맥주 다섯 잔을 주문했다.

【 흐르는 말 】

말하는 자의 의도는 듣는 자의 심적 필터를 거쳐 해석될 수밖에 없다. 그 필터는, 합성수를 지워나가는 방식으로 소수를 걸러내는 에라토스테네스의 체 같은 건 아니어서 다분히 자의적이다. 게다가 우리는 '이유 없이 울기도 하는 게 인간'이라는 사실을 종종 망각한다.

사과

남자의 어머니는 조금도 분노하지 않았다는 듯 차분하게 비닐봉지를 뒤집는다. 그런 절도 있는 동작과는 대조적으로, 빨갛게 윤나는 사과들이 처량한 소음을 만들며 떨어져 내린다. 쉽게 멍들고 깊숙이 깨지는 소리가 거리를 울린다. 여자는 비탈길을 따라 굴러 내려가는 사과들을 무력하게 바라본다. 열 개만 사려던 것을 스무 개나 산 것이 잘못이었는지도 모른다. 여자는 자신처럼 남자의 어머니도 사과를 좋아하리라 생각했다. 남자의 어머니는 다만 사과가 너무 많아서 싫어하는 것뿐인지 모른다. 여자는 그렇게 믿고 싶다.

사과들은 여자의 아쉬운 눈초리에 아랑곳없이 제 갈 길이 바쁘다는 듯 여러 갈래 길로 흩어지고 만다.

어머니…….

제게 주었던 것과 똑같은 환대를 여자에게도 주리라 기대했던 남자가 황망히 자신의 어머니를 쳐다본다. 짧은 속눈썹 아래 초점을 잃은 눈동자에, 여태 무언가를 '오해'했던 자가 내키지 않는 '이해'에 이르게 되었을 때의 막막함이 어린다. 그는 생각나지 않을 리 없는 현관 비밀번호를 생각해내려는 사람처럼, 진지하면서 허망하다. 남자의 어머니가 무게감 있는 목소리와는 어울리지 않게 시시한 대사를 읊조린다.

이 여자를 들이면 내가 죽는다.

여자는 두 사람의 대화를 건성으로 들으며, 굴러 내려간 사과들의 자취를 좇는다. 어떤 것은 가로등이 서 있는 골목으로 어떤 것은 새로 아스팔트를 입힌 골목으로 꺾어져 들어간다. 우르르 내려가던 사과들이 어디로 가고 있을지 궁금하지만, 도로가 굽어지면서 사과들은 더는 보이지 않는다.

남자의 집은, 무심하게 높고 과도하게 경사진 곳에 자리해 있다. 스무 개의 사과 중 어느 하나도 여자의 발치 아래 남지 않았다. 남자의 어머니가 좋아한다던 사과들은 남자의 어머니가 좋아하지 않는 여자 앞에서 자취를 감추었다. 여자는 남자와 함께할 수 없으리라 생각한다.

남자가 여자를 떠난다. 30년을 함께 산 어머니와의 정이 더 커서인지, 아니면 자신의 나약함을 비웃기 위해서인지, 혹은 그저 인생에서 사랑 따위가 시들해져버려서인지는 알 수 없다. 남자는 어머니가 좋아하는 다른 여자와 결혼한다. 여자는 원망하지 않는다. 미약하게나마 강해졌을 뿐이다.

남자는 길을 따라 흩어진 사과들이 그렇게 쉽게 사라졌다고는 생각하지 않는다. 어떤 사과는 한동안 남자의 집 매끈한 유리창을 두드렸을 것이다. 다른 사과는 직장에서 유난히 승진이 빨랐던 그의 사무실 책꽂이 사이에 숨어 있었을지 모른다. 혹은 남자가, 결혼한 여자와 살을 섞고 아무렇지 않게 밥을 먹는 동안 그 옆을 굴러갔을 수도 있다. 사과는 또, 남자가 유유한 별 하나를 발견하고 콧날이 시큰해졌을 때 그의 지친 구두 옆에 머물렀을지 모른다. 사과는 빈번히 나타나고 사라짐을 반복하며 하릴없이 남자의 주변을 맴돌았을 것이다. 남자는 사과들의 행방이 궁금해질 때마다 어머니의 집에서 멀리, 더 멀리 이사를 간다.

남자가 떠난 후 다른 남자와 결혼한 여자는 사과를 먹지 않는다. 여자가 사과를 먹지 않아서 여자의 가족들도 사과를 먹지 못한다. 여자는 오로지 꿈에서만 사과를 먹는다. 흠 없이 도도한 사과가, 꿈에서 깨어난 여자의 시간을 잠식하기도 한다. 가끔 여자는 사과가 가슴에 낸 멍을 어루만지며 등을 구부린 채 신음한다. 사과의 아삭한 감촉을 상상하면서 사타구니 사이가 뜨거워지기를 내심 기다리기도 한다. 달고 새콤한 사과의 향이 여자를 떠나는 일은 없다. 사과를 먹지 않는 여자는, 자신이 다른 사람과 크게 다르지 않은 삶을 살고 있다는 사실이 가끔 믿기지 않는다.

여자의 친구들은 사과를 먹지 않는 그녀를 유별나다고 생각한다. 자식들은 그런 여자를 부끄럽게 여긴다. 남편은 여자가 사과를 먹지 않으므로, 자주 화를 낸다. 하지만 여자는 이모든 것을 대수롭잖게 받아넘긴다. 사과를 먹지 않는 방식으로 사과를 기억하는 여자의 삶에는 '매우'나 '진짜', '꼭'과 같은 단어들이 없기 때문이다.

여자는 대중적 인기를 얻지 못한 지루한 영화를 혼자 본다. 위염 때문에 하루 한 잔으로 제한한 커피를 소중히 마신다. 식구들이 모두 잠든 밤, 베란다 유리창에 어른거리는 그림자들의 춤에 넋을 놓는다. 무심코 집을 나서다가 화단에 앉아 있는 꼬리 잘린 고양이를 발견하고는 오래 움직이지 않는다. 여자는 손톱을 손질하고 화장을 곱게 한 날 조금 운다. 그녀는 이런 식으로 매일, 길을 따라 사라진 사과들을 생각한다. 굴러 내려가는 그 속도를 상상하고, 알 수 없는 길의 모호함을 떠올리고, 막다른 곳의 냉담함에 부대낀다. 여자는 흩어진 사과들을 잊지 않기 위해 자신을 결코 온전히 사랑하지 않는다.

어느 날 남자가 대학병원 부설의 장례식장에서 어머니를 보낸다. 그는 영정 앞에서 여자가 떠오르는 자신을, 패륜아라 생각지는 않는다. 남자는 흩어졌던 사과의 행방이 궁금하다. 비탈길의 굴곡을 따라 물처럼 흘러내렸던 사과들은 어디로 갔을까? 국화 옆의 향 냄새가, 추억의 퇴로를 따라 홀연히 피어오른다. 남자는 희끗거리기 시작한 머리에 삼베 모자를 눌러써보지만 감정을 능수능란하게 숨기지는 못한다.

남자가 오래전 사과를 샀던 곳을 찾아, 한동안 발길을 끊었던 어머니의 동네를 방문한다. 그러나 빨간 광주리에 빨간 사과를 담아 팔았던 예전의 그 가게는 없다. 남자는 총각들이 채소며 과일을 파는 젊은 가게에서 사과를 산다. 스무 개쯤될 것이다.

멀리서 보는 남자의 어머니 집은 예전처럼 위풍당당하지

못하다. 조만간 불합리한 값에 처분되리라 예상하고 있는 듯 풀죽은 모습이다. 그래도 길은 여전히 오만하게 가파르다.

남자는 창백한 골목길을 기웃거리며 언덕을 오른다. 여자와 어머니, 그리고 자신이 서 있던 곳에 다다르자, 남자는 봉지를 뒤집어 스무 개쯤의 사과를 떨어뜨린다. 탱글탱글하던 과일들이 순식간에 생채기를 내며 길을 따라 굴러간다. 잠시 같은 길을 가는 것처럼 보였던 사과들이 이내 천 개의 길로 흩어진다. 사과들은 황망히, 그러나 수줍어하지 않으며 길 아래로 내달린다. 골목은 심심찮게 많고 길은 심오하게 굽어 있다.

충분히 남자와 여자를 괴롭힌 세월이 어느 날 뒤늦게나마 그들을 위로하기로 작정한다.

저 멀리 언덕 아래에서부터 누군가가 사과를 하나씩 주우며 올라오고 있다. 날마다 흘려보낸 사과로 미망의 길을 낸 남자는 향기로 이미 알 수 있다. 새콤하고 달콤한, 사과처럼 그리운 사람이 천 개의 길을 더듬어 다가오고 있다.

【 흐르는 말 】
사과 한 알만큼의 인생이 빠져나갔을 뿐인데, 사과 한 알만큼의 인생도 없는 것처럼 사는 사람을 보았다. 아름다웠고 슬펐다.

3.
따가운 얽힘

두 자매

곽 여사는 손목시계로 두 시를 확인한 후 가방을 챙겼다.
두 살 터울의 언니가 그녀에게 당부했다.

올리브 치아바타 사 오는 거 잊지 마라.

알았어. 걱정 마슈.

곽 여사는 신호등이 있는 사거리에 이르러, 이쪽 모퉁이와
저쪽 모퉁이에 서 있는 두 노인을 보았다. 체크무늬 남방에
면바지를 입은 노인은 알뜰부동산에서 일하는 중개인이었
고, 반바지 차림에 부채를 부치고 있는 대머리 노인은 곱창을
파는 양 씨였다. 곽 여사는 이쪽과 저쪽을 번갈아 바라보며

신호등의 불이 바뀌기를 기다렸다.

곽 여사가 먼저 들른 곳은 은행이었다. 전기세며 수도세를 내고 약간의 돈을 인출하기 위해서였다. 자동화기계와 현금 인출기 앞에 줄 서 있는 사람들은 많지 않았다. 그녀는 재빨리 해야 할 일들을 처리했다.

은행을 나서면서 함께 수영 교습을 받은 적 있는 여자를 만났다. 그녀가 미는 강아지용 유모차에 초콜릿색 푸들이 타고 있었다. 곽 여사가 관심을 보이며 물었다.

어디가 아파요?

나이가 너무 들어서 앞도 잘 못 보고 걷지도 못 해요.

몇 살인데요?

18년 살았어요. 오늘, 내일 하죠.

딱하군요.

곽 여사는 푸들의 고불고불한 머리를 쓰다듬어 주고서 걸음을 옮겼다.

18년이라…… 곽 여사는 자신과 언니가 함께 산 기간도 그 비슷하다는 데 생각이 미쳤다. 급작스레 남편을 여의고 친정

어머니마저 떠나보낸 후, 자연스레 몸이 불편한 언니와 집을 합친 게 2002년이었다. 언니는 결혼을 한 적이 없었다. 온 나라가 '오! 필승 코리아'를 외치며 들떠 있었지만, 곽 여사는 그 붉고 젊은 물결에서 가장 먼 곳에 던져진 기분이었다.

여전히 후텁지근했지만 제법 바람이라 할 만한 게 불고 있었다. 곽 여사는 펄럭거리는 치마를 한 손으로 지그시 누르며 혼잣말을 했다. 여름이 가나 보다.

곽 여사는 세탁소에 여름 정장 한 벌을 맡긴 후 단골인 과일 가게로 들어섰다. 딸기, 복숭아, 토마토, 참외, 햇배까지……. 여름 과일과 가을 과일 모두 윤기 있고 싱싱했다. 요즘은 계절이 없구나, 생각하며 곽 여사는 껍질 얇은 노란 배를 가리켰다. 가게 주인이 싹싹하게 말했다. 곧 배달해드리겠습니다!

곽 여사는 시장에서 이동식 가판대를 밀며 음료 장사를 하는 젊은 여자로부터 냉커피 한 잔을 사서 마셨다. 2천 원을 냈고 언제나처럼 거스름돈 백 원은 받지 않았다. 곽 여사는 커피를 마시며 천천히 걸었다. 채소 가게며 건어물 가게를 지나쳤다.

떡을 파는 진이네가 더위에 익은 얼굴로 곽 여사를 맞았다.

찰떡과 쑥개떡을 주문한 후 셈을 치르는데, 갑자기 입구가 소란스러웠다. 퀵보드를 타고 지나가던 사내아이가 떡집 앞 배달용 자전거에 부딪힌 후, 제풀에 놀라 울음을 터뜨렸던 것이다. 진이네가 툴툴거리며 나가 자전거를 세우는 동안, 곽 여사는 다시 걸음을 옮겼다.

곽 여사는 서점이 있는 시장 반대편 입구까지 느리게 걸었다. 서점 앞에는 더운 날씨임에도 불구하고 여느 때처럼 모포를 덮은 걸인이 앉아 있었다. 곽 여사는 구걸하는 남자에게 천 원짜리 한 장을 준 후 서점으로 들어갔다. 그녀는 주인이 베스트셀러라고 권하는 소설 대신 이 선반, 저 선반을 뒤진 후 손수 고른 책 한 권을 샀다.

곽 여사는 시장 통로를 다시 돌아 나왔다. 그녀는 아까 그냥 지나쳤던 정육점에 들러 호주산 쇠고기를 산 후, 빵집에 들렀다. 장사가 잘 안 되는지, 진열대에 빵이 가득했다. 그녀는 양파가 들어간 통밀빵을 샀다.

은행을 지나 사거리에 도착했다. 이번에는 신호등에 초록불이 바로 들어왔다. 곽 여사는 멍하니 서 있다가 신호등이 두어 번 더 바뀌고서야 길을 건넜다.

집에 도착하자, 거실의 시계가 다섯 시를 가리키고 있었다.
언니가 곽 여사를 반겼다.

늦었네.

응. 가는 데마다 사람이 많았어. 사거리에서는 신호등이 고
장 나서 한참을 기다렸지 뭐야.

치아바타는 사 왔어?

사람들이 빵만 사 가는지 매대가 텅텅 비었더라고. 통밀빵
사 왔어.

언니가 못내 실망스러운 표정을 지으며 부루퉁하게 말했다.

조금 전에 과일 가게 아저씨 배달 왔었다. 배를 샀더구나.

언니 좋아하는 복숭아 사려고 했는데, 날이 더워 그런지 곯
은 거밖에 없더라고.

많이 더웠어?

응. 밖이 더우니까 사람들이 죄다 시원한 은행으로 몰려들
었지 뭐야. 번호표 뽑고 한참 기다렸네.

그래서 늦었구나. 더운데 고생했다.

18년간 탈피를 거듭한 갑각류 같은 표정이, 곽 여사의 얼굴
에서 서서히 사라졌다. 딱딱한 눈빛이 점점 물렁해져갔다. 곽

여사가 사거리에서 만난 두 노인 이야기를 했다.

친구 사이인 두 노인이 정말 오랜만에 우연히 만났다 헤어지는 모양이었어. 체크무늬 헌팅캡을 쓴 양반이 길을 건너서 손을 흔드는데, 지팡이를 짚은 양반은 그걸 못 보고……. 다음엔 지팡이 짚은 양반이 손을 흔드는데 마침 버스가 지나가면서 가려버렸지. 두 노인네가 정말 헤어지기 아쉬운지 자꾸 돌아보며 손을 흔드는데, 번번이 눈을 못 맞추지 뭐야.

곽 여사가 못내 애석하다는 표정을 짓자, 언니도 같은 표정을 지었다. 언니는 사연 있는 이야기를 좋아했다.

책은 뭐야?

서점 주인이 꼭 읽어보라고 권해서 속는 셈 치고 샀어. 장담한다니, 재밌겠지 뭐.

곽 여사가 '여우'라는 제목이 붙은 책을 언니에게 건네주었다. 책의 초록색 띠지에 "죽을 때까지 여우를 먹이는 게 아니라 여우를 먹이다가 죽을지도 모른다."는 구절이 하얀 글씨로 적혀 있었다.

언니, 저녁에 불고기 해 먹자. 언니 좋아하는 한우 샀어.

좋지! 당면도 꼭 넣어.

양념을 만드는 동안, 곽 여사는 개를 산책시키던 여인을 만난 얘기를 했다.

수영장 같이 다녔던 여잔데 털이 하얀 개를 데리고 나왔더라고. 그 여자가 급히 공과금만 내고 온다고 해서, 내가 잠깐 고 녀석을 봐줬어. 한 살도 안 됐다는데 어찌나 귀엽던지! 까불고 깡충거리는 게, 힘이 넘치더라고.

다른 일은 없었어?

일이 있을 게 뭐 있나. 아, 그래. 어떤 술 취한 남자가 떡집 안에 들이닥쳐 난동을 부렸어. 진열한 떡이 죄다 쏟아지고, 간판이며 배달 자전거도 넘어지고, 난리도 아니었지. 그 남자 웃통을 훌렁 벗고 있더라고…….

술이 문제야, 술이 문제.

내내 집에만 있던 언니의 얼굴에 생기가 돌았다.

두 자매는 당면을 듬뿍 넣은 불고기를 식탁 가운데 놓고 앉았다. 잔 가득 담긴 매실주가 그녀들의 건배를 재촉했다. 쨍!

그 커피 파는 여자 말이야…….

곽 여사의 이야기가 다시 이어졌다. 그들의 평범한 하루가 끝나가고 있었다.

【 흐르는 말 】
애증의 변증법에 따라 춤을 추는 무수한 거짓말이 삶을 이룬다.

세 자매

그럼, 엄마가 만든 거지.

큰언니가 지나치게 심드렁해서 진짜 아무 일도 아닌 것처럼 여겨지는 어조로 말했다. 학교를 포기하고 양장점에 취직했다고 말하던 50년 전과 흡사했다. 집안 사정 때문에, 또 동생들 때문에 무연憮然할 일이 많았던 큰언니는 웬만해서 호들갑을 떠는 법이 없었다. 작은언니가 다그치듯 다시 물었다.

그러니까 이 콩잎장아찌를 엄마가 만들었다고?

큰언니는 숫제 졸린 모양이었다. 반찬 그릇들을 치우며 하품을 했다.

애는 아까부터 왜 자꾸 같은 말 반복하게 해. 엄마가 만들었지 그럼 누가 만들어?

작은언니는 이게 모두 한달음에 달려오지 않은 내 탓이라는 듯 나를 흘겨보았다.

작은언니가 큰언니 이상하다는 말을 처음 한 게 일주일 전쯤이었다. 엄마를 봤대. 나는 그 말을 흘려들었다. 꿈꾼 거겠지. 이틀 전부터는 작은언니의 전화가 빗발쳤다. 꼭두새벽에도 한밤중에도 벨이 울렸고, 화장실에 있어서 받지 못했다고 해도 긴 욕을 들어야 했다. 엄마가 유리창을 닦았단다. 엄마가 머리도 빗겨줬대. 엄마가 아버지 찾으러 나간다고 했다니까! 작은언니의 목소리는 도르래가 깨진 미닫이문이 열리고 닫힐 때처럼 찌꺽거렸다.

큰언니 나이 예순아홉, 작은언니 나이 예순여덟, 내 나이 예순다섯. 우리는 노년기에 찾아오는 반갑지 않은 그 병에 대해 무지하지 않았다. 조금 일찍 발병한 친구, 말년에 이르러 발병한 친척 등이 주위에 수두룩했다. 하지만 상대가 큰언니라면, 예순아홉은 너무 이른 나이였다.

나는 심드렁한 큰언니의 말투를 흉내 냈다.

어쩌기는 병원 가야지.

나는 호들갑을 떨어 해결될 일이 아니라고 생각했다. 우리는 10년이나 탔는데도 멀쩡히 새것 같은 SM5에 올랐다. 늘 해왔던 대로 큰언니가 운전대를 잡았다. 큰언니는 품행이 단정하다는 말로도 심히 모자라는, 그러니까 행동거지 하나하나에 각을 잡는다고 해야 아주 모자라지는 않게 여겨지는 그런 몸가짐으로 평생을 살아온 사람이었다. 운전은, 큰언니가 그 나이에도 결코 남에게 양보하는 법이 없는 신성불가침의 영역이었다. 작은언니가 조수석에, 그리고 내가 뒷자리에 탄 채 병원으로 향했다. 병원은, 큰언니가 각을 잡을 때면 언제나 가차 없이 떨어내곤 하는 주름보다 못한 것 중 하나였다. 나는 둘째 언니 혈압이 걱정되니 의리 있게 같이 가자는 말로 큰언니를 구슬렸다.

나라에서 공짜로 해주는 건강검진이래. 셋 다 나들이 삼아 가는 거지, 뭐.

작은언니가 어설프게 거들었다.

언니도 알잖아? 나 예전부터 혈압 낮았던 거, 아니 높았던 거.

몇 가지 검사를 한 후, 의사가 '안타깝게도'라고 말을 꺼내자마자 우리는 '그 병이십니다'라고 알아들었다.

치료는 어렵지만, 요즘은 약이 좋아 증세가 심해지는 건 막

아줍니다.

작은언니나 나나, 약의 효능에 대해 완벽히 이해하기까지 시간이 좀 걸렸다. 그러니까 증세는 계속 진행될 수밖에 없는데 그나마 약이라도 먹지 않으면 급격히 나빠질 거라는 얘기였다.

약효는 기대한 바에 못 미쳤다. 큰언니는 '엄마가 어찌어찌했다'라는 사실을 우리에게 전하는 단계에서 훌쩍 더 나아가 엄마와 얘기를 나누는 단계로까지 진입했다.

알았어, 엄마. 이따가 같이 가.

내가 뭐 시집 안 가고 싶어 안 갔나? 그 얘기는 왜 또 꺼내?

지금 나오는 곶감은 다 작년 거라니까? 좀 더 있다가 사야 해.

우리가 있는데도 아랑곳하지 않고 엄마와 도란도란 얘기를 나누는 큰언니를 어찌 바라봐야 할지 알 수 없었다. 남편 수발만 20년을 했다고, 좋은 시절 병간호로 다 보냈다고 하소연하기를 밥 먹듯 하던 작은언니는 거의 패닉 상태였다. 돌아가신 부모님 집에서 결혼한 적 없는 큰언니와 같이 산 지 5년째였다.

나 혼자서는 감당 못 한다.

작은언니는, 그간 같이 살자는 제안을 요리조리 피해왔던 내게 쐐기를 박았다. 나 역시 두 해 전에 남편을 보냈다.

알았어. 우선 가방만 꾸려서 들어올게.

작은언니는 업자를 불러 미닫이문의 도르래를 고쳤을 때처럼 후련한 표정을 지었다.

아버지와 어머니가 돌아가시고서도 요지부동 자리를 지킨 낡은 양옥은 우리 각자가 하나씩 쓸 수 있는 큰 방 세 개를 제외하고도 작은 방이 두 개나 더 있었다. 오래된 집은 나이에 걸맞지 않게 정정했다. 문 도르래에 자주 이상이 생긴다는 점을 제외하고는 특별히 트집 잡을 만한 게 없었다.

내가 놀란 것은, 큰언니가 비어 있는 큰 방을 두고 작은 방 중 하나를 치우기 시작해서였다.

왜 언니? 나 가운데 방 쓰면 되는데?

큰언니는 고방에 둔 곶감을 혼자 먹다 들킨 무안한 표정이었다. 큰언니는 곶감을 좋아했다.

거긴 엄마 방이잖아. 그렇다고 연숙이더러 작은 방으로 옮기라고 할 수도 없잖니.

작은언니와 나는 궁리에 궁리를 거듭하다 결국 없는 엄마를 불러내 이야기를 나누기로 했다. 미리 맞춘 게 아닌데도 합이 딱딱 맞았다.

거 봐. 엄마는 큰언니만 좋아한다니까.

그래. 나랑 같이 자자니까 꼭 큰언니랑 자야 한다잖아.

엄마는 꼭 큰언니만 편애하더라.

작은언니와 나는 합심해서 엄마를 큰언니 방으로 몰아넣었다. 큰언니는 일흔 가까운 나이에 어울리지 않게 볼을 붉혔다. 각을 잡고 살기 시작한 이래 좀체 볼 수 없던 홍조였다.

큰언니는 정갈한 사람이었다. 낡은 집을 역사박물관의 옛집 모형만큼이나 말쑥하게 유지한 것도 언니였고, 오래된 차를 화장품 광고 전문 탤런트 얼굴처럼 윤이 나게 관리한 것도 언니였다. 하지만 몹쓸 병은, 허튼 법이 없던 언니의 손을 제 마음 가는 대로 이리저리 꼬아버렸다. 그 손이 식은 밥을 옷장에, 달걀을 냉동실에 넣게 했고 다림질을 하던 중에 마당을 쓸게 했으며 머리를 감다가 배추를 절이게 했다. 뒤죽박죽된 사건들이 혼비백산한 집의 지붕을 들썩이게 했다. 왜소한 체구의 작은언니는 날아가려는 지붕 끝에 악착같이 매달렸고, 덩치가 큰 편인 나는 재빨리 지붕 위로 올라가 온몸으로 눌렀다. 난감한 노릇이었다.

그러는 중에도 우리 세 자매는 플라스틱 바구니를 옆에 끼고 대중목욕탕에 갔고 장을 보러 갔으며 극장에도 갔다. 큰언니가 엄마를 기다리느라 잠시 걸음을 늦추거나 엄마 몫의 커피를 따로 사는 일은 흔했다. 운전을 하다가 돌아보며 빈자리를 향해 무어라고 말을 건네고는 웃을 때도 많았다. 크게 어려울 건 없었다. 작은언니와 나는 큰언니가 엄마를 위해 거금을 쓰려고 할 때만 조금 더 연기 수준을 올렸다.

엄마가 마음에 안 든다는데, 왜 언니 고집으로 사려는 거야?

혹시 언니가 그 옷 입고 싶어?

맞네. 언니가 사고 싶어서 엄마 핑계 대는 거지?

작은언니나 나나 연기력이 뛰어난 사람들이 아니었지만, 효성 깊고 마음 고운 큰언니는 대번에 넘어갔다.

아니다, 아니야. 정말 아니라니까?

나는 약 챙기는 일에 신경을 썼다. 하루 세 번 두 알씩 먹는 알약을 칼슘 강화 비타민 병에 옮겨 담아 큰언니가 먹게 했다. 효과가 있는지 없는지 알 수 없었지만, 언니를 위해 달리 해줄 일이 없었다.

이게 관절에 진짜 좋은 비타민이래, 언니.

그래?

큰언니는 약도 병원만큼 싫어했지만, 애꿎은 무릎에 더 이

118

상 각을 잡을 수는 없다는 사실을 인정했다. 언니는 제 무릎을 끔찍이 위해주는 막내의 친절을 고맙게 받아들였다. 자기 전에 복용해야 하는 또 다른 알약들은 가루로 빻아 카모마일 차에 녹여 먹였다. 작은언니와 나는 약을 타지 않은 차를 마셨다. 따라서 우리 세 자매는 매일매일 의식처럼 차를 마시고서야 잠자리에 들었다. 이 경우, 엄마는 밤에 화장실 가기가 싫어서 차를 마시지 않는다는 이유로 함께하지 않았다.

추운 겨울이 지나갔다. 우리 세 자매는 여전히 팔짱을 끼고 산책을 했고 식료품과 생필품을 사러 다녔으며 병원에 들락거렸다. 큰언니는 더는 운전을 하지 못했다. 명절 떡을 맞추러 가다가 깜빡 졸아 앞차를 들이받은 사건을 빌미로, 나는 언니에게서 운전대를 빼앗았다. 큰언니를 진정시키기는 쉬웠다. 차를 탈 때 작은언니가 이렇게 말하기만 하면 되었던 것이다.

언니가 낸 사고 때문에 엄마 목이 아직도 아프다잖아. 막내가 운전해야 엄마도 가시겠대.

자동차 뒷자리에 타본 일이 거의 없는 큰언니는 처음에는 안절부절 어찌할 바를 몰랐지만, 곧 진정이 되었다. 엄마가 큰언니랑 뒷자리에 타고 싶어 한다는 게 합당한 이유가 되었다.

어느 날 조수석에 탄 작은언니가 부럽다는 듯 뒤를 돌아보며 말했다.

엄마는 진짜 큰언니만 좋아하나 봐.

빨개진 큰언니의 얼굴이 백미러에 비쳤다.

얘는 엄마가 언제 그랬다고!

작은언니는 물러서지 않았다.

내가 엄마 말 안 듣고 그 사람이랑 결혼해서 그러는 거야?

작은언니는 몹시 서운하다는 투였다. 내가 팔꿈치로 조수석에 앉은 언니를 툭 쳤다. 연기 그만해. 대충 그런 뜻이라는 걸 작은언니가 모를 리 없었다. 하지만 언니는 멈추지 않았다.

엄마가 그 사람 약해 보인다고 결혼하지 말랄 때 엄마 말 들을걸.

나는 내 뜻을 조금 더 명확하게 알리기 위해 작은언니의 왼팔을 꼬집었다. 한 손으로 운전대를 잡고 다른 손으로 그렇게 하기란 쉬운 일이 아니었다. 언니가 이번에는 신경질을 냈다.

얘가 왜 이래? 아파!

작은언니는 숫제 몸을 완전히 뒤로 돌린 채 말을 이어나갔다.

엄마 말 들을걸 그랬어. 엄마 말 잘 들었어야 했는데…….

나는 계속해서 바뀌는 교통 신호와 양옆에서 끼어드는 차들 때문에 상황을 차분히 정리할 수 없었다.

큰언니는 첫째라고 예뻐하고 진숙이는 막내라고 예뻐하고, 나는 뭐야?

나는 급한 대로 눈에 띄는 골목으로 핸들을 꺾을 수밖에 없었다. '첫째라고'와 '막내라고'는 작은언니가 결혼한 날 이후로는 세상에서 사라져버린 소리였다. 양장점에서 일을 하지도 않았고, 학교를 포기하지도 않았던 작은언니가 아버지 무덤의 뗏장이 마르기도 전에 결혼하겠다고 했을 때 내가 언니 면전에서 그 말들을 지르밟아 땅에 묻어버렸기 때문이었다. 결혼한 후로는 둘째 콤플렉스 따위를 보인 일 없던 작은언니였다.

이제 그만해.

나는 차의 속도를 늦춘 채 잠깐이라도 정차할 만한 곳을 찾아 헤매며 언성을 높였다.

그만 좀 하라니까.

핸들을 잡은 내 목소리가 언젠가의 작은언니 목소리처럼 찌꺽거렸다. 차가 이전보다 더 좁은 골목에 들어서다가 우측 벽을 긁었다. 하지만 우리 세 자매 중 아무도 차를 걱정하지 않았다.

엄마는 왜 나를 둘째로 낳아서 이리 치이고 저리 치이게 만들었어? 도대체 왜?

통곡이 터졌다. 울지 마, 연숙아. 큰언니가 울었고……. 엄마……. 작은언니가 울었으며……. 언니들……. 이어 내가 울었다.

나는 작은언니의 약을 '항산화'와 '노화방지'라는 문구가 뚜렷이 적힌 비타민 용기에 모두 쏟아부었다. 하루 세 번 식후 두 알. 큰언니가 먹는 약과 크게 다르지 않았다. 나는 작은언니가 미용에 지나치게 집착해서 약을 과용하지 않도록 신경을 썼다. 자기 전에는 여전히 카모마일 차를 마셨다. 두 언니가 마시는 차는 내가 마시는 차보다 색이 조금 탁했다. 가끔 엄마가 나와 차를 마셔도 신경 쓰지 않았다. 하지만 엄마와 두 언니의 다정한 수다가 길어질 때면, 나는 남편을 잃었을 때보다 더 외로운 기분에 젖어 들곤 했다.

***

나는 어느 날 내 방 화장대에서 작은 약병 하나를 발견했다. 하얀색 병에는 깨알 같은 글씨가 적혀 있었다.

엄마가 보이면 하루 세 번 식후 두 알 복용할 것. 병원에 꼭 전화할 것. 031-288…….

엄마, 이상한 병이 있어!

내가 뛰어가며 외쳤다.

【 흐르는 말 】

실화를 바탕으로 했다. 아픈 이야기지만 쓰는 동안 어쩐지 마음이 따뜻했다. 팔짱을 끼고 목욕탕에 함께 갈 수 있는 자매가 있으면 좋 겠다.

왕 놀이

진숙 씨의 잠은 얕고 불완전하다. 자는지, 깨어 있는지 구분하기 어려울 때가 많은데, 익숙해져 있는 진숙 씨는 굳이 구분하려 애쓰지 않는다.

김진숙 님, 오늘은 날씨가 화창하답니다.

진숙 씨가 다음 생에 가졌으면 싶은, 맑고 카랑카랑한 목소리가 들린다.

벚꽃, 개나리, 진달래가 활짝 피었어요.

진숙 씨가 눈을 뜨지만, 목소리의 당사자가 선명히 보이지는 않는다.

소변 받을게요.

아, 생각해보니 얼마 전 새로 온 간병인이라고 자신을 소개했던 여자다. 이름이 뭐였더라? 기억나지 않는다. 어쨌거나 진숙 씨는 발랄하게 울리는 그 목소리가 마음에 든다. 30대? 40대? 목소리가 마음에 든다고 생각했던 것도, 30대인지 40대인지 가늠해보았던 것도 이미 여러 번 반복했던 듯하다. 이마 부근에서 삐, 소리가 난다. 아래쪽에서 미묘하게 음이 낮은 삐, 소리도 들린다.

체온도 혈압도 모두 정상이세요. 자, 이번에는 몸을 돌려드릴게요.

욕창. 맞아. 욕창 치료를 해왔었지. 간병인 교체는 사실 진숙 씨의 꼬리뼈 위 엉덩이에 생긴 구멍 때문이다. 교체가 금방 이뤄지지는 않았다. 남편이 왔던 날 의사가 했던 말이 떠오른다.

괴사 부분을 긁어내고 파인 부분에 소독솜을 넣은 후 거즈를 댔습니다.

이상하게도 의사의 그 말은 기억 저편으로 사라지지 않는다. 눈이 펑펑 온다며 진숙 씨에게 다정하게 말했던 남편이 의사에게는 언성을 높였다.

도대체 어떻게 관리를 했길래, 이 모양이 된 거요?

진숙 씨는 잘 볼 수도, 잘 느낄 수도 없으므로 대수롭잖았지만, 잘 보고 잘 느꼈을 남편은 당장 간병인을 바꿔달라고 요구했다. 의사는 '저희 불찰'이라고 했다. 진숙 씨는 그 '저희'에 누구누구가 들어갈지 생각해보았다. 사실 진숙 씨는 아무렇지도 않았다. '불찰'은 단 한 번 이미 일어난 그 사건뿐이었다.

간병인이 드레싱을 새로 한 모양이다. 살며시 진숙 씨의 팔을 두드리며 얘기한다.

거의 아물었어요. 괜찮네요.

진숙 씨도 이유를 알 수 없지만, 왼쪽 팔 윗부분만큼은 가끔 감각이 돌아오곤 한다. 의사가 알면 놀라워하겠지만, 알려줄 방법은 없다. 간병인은 이제 진숙 씨의 팔을 부드럽게 쓸고 있다.

걱정하지 않으셔도 돼요.

간병인은 진숙 씨가 걱정하리라는 걱정을 할 필요가 없다는 걸 모르는 듯하다. 아니면 모르는 척을 하거나. 간병인이 아직 험한 구렁이를 만난 일 없는 어린 제비처럼 재잘거린다.

속옷 새로 갈았습니다. 보송보송, 상쾌하실 거예요.

예전 간병인은 '속옷'이 아니라 '기저귀'라고 명확히 말해주곤 했다. 젊은 간병인은 인간에 대한 예의를 지키기 위해 선의의 기만을 허용하는 사람으로 보인다.

아드님이 보낸 문자 읽어드릴게요.

언제부터인가 가족들이 오지 않는다. 애들이 오지 않아도 남편은 자주 왔던 듯한데, 눈이 펑펑 온다고 했던 날 후로 남편을 보지 못한 듯하다. 정호는 병원에 오지 않은 후로 긴 문자를 보내곤 했다. 딸 은희는 막내 경호와 함께 전화를 걸었다. 남편은 문자나 통화보다 얼굴 보는 걸 더 좋아했다. 원래도 전화기 쓰는 걸 그다지 좋아하지 않던 양반이었다. 하지만 기억이 틀렸을 수도 있다. 진숙 씨는 시간을 상대로 되통스레 따지려 들지 않는다. 불행이란 언제나, 제 무능함을 망각하고 무언가를 시도하려는 자에게 닥친다는 걸 잘 알고 있기 때문이다.

엄마, 얼마 전에 집에 민아를 불러서 같이 식사했어요. 민아 기억하시죠? 경호가 민아를 잘 따르더라고요.

진숙 씨는 아침 먹은 후 복용한 약들이 흐릿한 정신을 제대로 일으켜주기를 바란다. 조금만, 조금만 더. 그래, 정호의 여자 친구 민아. 곧 결혼할 거라고 했는데……. 얼굴이 가물가물하다. 보조개가 있었던가? 코가 길었던가? 하나의 이미지가 점점 선명해진다. 쌍꺼풀 없는 눈을 가늘게 만들며 귀엽게 웃었다. 진숙 씨가 기억하는 건 눈도 코도 입도 아니다. '웃음'이라는 이미지뿐. 기억은 진숙 씨를 소외시킨 채 언제나처럼 제가 가고 싶은 길로만 간다. 간병인이 읽기를 계속한다.

온 식구가 다 같이 민아를 만난 건 처음이었어요. 갈비찜, 잡채, 전, 모두 배달시켰는데 역시 엄마가 한 것만 못하더라고요. 참, 은희랑 제가 밥을 하고 쑥국도 끓였어요.

갈비찜이나 잡채, 전 등은 진숙 씨가 솜씨 있게 요리하곤 했던 음식들이다. 조개를 잔뜩 넣은 쑥국은 봄철 빼먹지 않는 메뉴였다. 진한 쑥 향을 맡아보려는 진숙 씨의 머리가 분주하다. 조개 다져서 넣었어? 너무 잘게 다지면 안 되는데……. 맛있었니? 꽃도 좀 사놓지. 그래, 그랬구나. 잘했다, 잘했어. 진숙 씨는 혼자 바쁘게 대화를 이어간다. 간병인이 또박또박 천천히 읽어주는 게 도움이 된다. 이전 간병인은 편지 읽어주는 걸 달가워하지 않았다.

식사를 끝낸 후, 차를 마시면서 게임을 했어요. 엄마도 알 거예요, 왕 놀이. 왕이 된 사람은 식사 뒷정리나 집안 청소를 면제받고 그저 뒹굴기만 하는 특권을 누려요. 나머지 사람들이 왕을 수발하죠.

무뚝뚝한 남편이 애들과 왕 놀이를 하다니, 놀랄 만한 일이었다. 이곳에 온 후 남편이 진숙 씨에게 말한 적 있다. "당신이 이겼어. 당신이 왕이야." 진숙 씨는 가족들과 함께 그 놀이에 참석하지 못한 게 애석하다. 같이 놀았더라면 분명히 진숙 씨가 제일 먼저 왕이 되었을 텐데.

민아가 보이차를 좋아해요. 집에 보이차가 없어서 보리차를 주고는 보이차라고 우겼어요.

진숙 씨는 장난기 많은 아들이 눈에 선하다. 어쨌거나 민아를 집에 초대했다니, 아기였던 아들이 처음으로 엄마 혹은 맘마라고 했을 때만큼이나 기특하다. 헝가리산 졸너이 찻잔 세트를 꺼냈으면 좋으련만. 진숙 씨가 선반 가장 높은 곳에 숨기다시피 넣어둔 찻잔들을 두고 남편이 놀려댔다. "아끼다 녹나겠네, 녹나겠어. 커피나 한잔 타 먹을까?" 진숙 씨는 눈을 흘기며 대꾸하곤 했다. "언감생심, 눈독 들이지 말아요. 애들 짝 데려오면 쓰려고 모시는 중이우."

간병인이 잠시 전화기를 내려놓더니 말한다.

아드님에게 간단히 문자 할게요. 이제 욕창이 거의 나았다고요. 통풍이 잘 되는 욕창 매트로 바꾸었다는 얘기도 할게요.

저런, 그럴 필요 없는데. 진숙 씨는 아들이 괜히 마음 쓰지 않기를 바란다. 욕창 때문에 언성을 높였던 남편은 애들에게 욕창에 대해 말하지 않았을 것이다. 남편 역시 아이들이 마음 아파하는 걸 바라지 않는다. 하지만 간병인은 자신이 최선을 다하는 사람이며 다정한 사람이라는 걸 알리고 싶은 모양이다. 왜 남편은 미리 단속하지 않았을까? 아니다. 남편 성격에 그러지 않았을 리 없다. 새 간병인이 인수인계를 제대로 받지 못한 게 분명하다.

간병인이 그새 아들에게 문자를 보낸 모양이다.

계속 읽어드릴게요. 아드님이 참 자상하시네요.

편지가 이어진다. 간병인이 상냥하게 읽어주니 마치 아들이 옆에서 얘기하는 것 같다.

경호가 먼저 왕이 되었어요. 우리 모두 경호를 침대로 모시고 경호가 원하는 음식을 대령했어요. 치킨과 피자와 짜장면과…… 엄마도 아시잖아요. 걔는 인스턴트 음식을 더 좋아해요. 엑스박스 세트를 방으로 옮겨주니 너무 좋아하더라고요. 경호는 손가락 하나도 까딱하지 않았어요. 진짜 왕처럼 신나했죠.

진숙 씨는 자신이 이미, 가족이 함께했다는 그 왕 놀이에서의 왕처럼 지내고 있다고 생각한다. 간병인이 음식을 가져다주고, 심지어 떠먹여주기까지 하니까. 양치질, 코 풀기, 대소변 가리기마저 모두 진숙 씨가 하지 않으니까. 생명을 유지하는 일에 손가락 하나 까딱할 필요가 없으니까. 진숙 씨는 까딱할 수 없다고 하기보다 까딱할 필요가 없다고 생각하기를 좋아한다. 자조가 끼어 있지만, 어차피 아무도 모르는, 또 모를 일이다. 경호가 신이 났다니 그것으로 됐다.

게임은 계속됐어요. 이번에는 은희가 왕이 되었어요. 우리는 고개를 조아리고 왕을 모셨어요. 은희가 좋아하는 차와 쿠키를 쟁반에 받쳐 대령했지요.

간병인이 사진 한 장을 보여준다.

가족사진인가 봐요. 여기. 아드님이나 따님이나 모두 인물이 출중하네요.

여러 사람의 얼굴이 어른거린다. 어릿한 형체 가운데 민아는커녕 정호도, 경호도, 은희도 찾을 수가 없다. 제일 덩치 커 보이는 사람이 남편일까? 전화기를 진숙의 눈 가까이 댔다 떨어뜨렸다 하던 간병인이 다시 메시지를 읽는다.

남은 세 명이 게임을 이어갔어요. 나와 민아, 그리고 아버지였죠. 경쟁이 치열했어요. 모두 편안한 침대에 누워 호령하는 특권을 누리고 싶어 했죠. 누가 다음 왕이 됐을 거 같아요, 엄마?

진숙 씨는 질문이라는 걸 도대체 얼마 만에 받아보는 걸까, 야릇한 감상에 젖는다. 아주 오랫동안 진숙 씨 주변에는 진숙 씨가 당연히 대답하지 못하고, 심지어 알아듣지도 못하리라 여기는 사람들만 가득했다. 진숙 씨가 모두 듣고 있다고 주장하던 남편조차 온전히 믿는 것 같지는 않았다. 진숙 씨는 오랜만에 가슴이 뛴다. 다음 왕은 누가 됐을까?

저, 박정호, 제가 왕이 됐을까요? 민아가 됐을까요? 아니랍니다. 아버지였어요. 민아와 나는 툴툴거리면서 만 원짜리 지폐를 아버지에게 줬어요. 게임을 재미있게 하려고 우리 세 사람이 따로 내기를 했거든요.

간병인이 진숙 씨의 몸을 반대 방향으로 돌려준다. 30도 정도 기울여 등 뒤에 베개를 괴어주고 위쪽으로 올라간 다리 아래에 쿠션을 놓는다. 통풍을 보장한다는 메시 소재 베개도 한 번 뒤집어준다. 간병인은 이 모든 걸 세세하게 설명한다.

민아와 나는 서로 사랑하는 사이라 굳이 누가 왕이 되든 상관없었어요. 우리는 키스를 했고, 곧 게임을 그만두었어요.

진숙 씨는 아들과 아들의 연인이 입 맞추는 장면을 떠올린다. 배밀이를 하며 기던 아들의 모습이 생생한데, 누군가와 키스라니.

사실 그날은 민아와 내가 결혼식을 미룬 게 서운해서 집에서 조촐히 식사나 하자고 모인 자리였어요. 식은 내년 봄에나 올리기로 했죠. 아니, 사실 그건 이제 크게 중요하지 않아요.

진숙 씨는 아들이 왜 봄에 하기로 한 결혼을 미뤘는지 궁금하다. 무엇보다 그게 크게 중요하지 않다는 말을 이해할 수 없다. 인륜지대사인 결혼이 어째서 중요하지 않다는 거지? 혹시 나 때문인가⋯⋯. 진숙 씨는 엄마가 없어도 결혼을 할 수 있다고 말하고 싶다. 하지만 미세하게 달싹거리던 입술은 푸석거리는 마른 숨만을 토해낸다.

엄마, 엄마한테 가보지 못한 지 한참 됐네. 사실 왕 놀이 때문이에요. 놀이는 놀이일 뿐인데, 아버지가……. 아버지는 계속 왕으로 지내고 싶어 하셨어요. 침대에 편히 누워 우리가 가져다드리는 걸 먹고, 우리가 청소하고 우리가 빨래하고 우리가 모든 걸 시중들어드리는 걸 즐기셨죠. 아버지는 왕관을 벗으려 하지 않으셨어요.

진숙 씨는 마음이 아리다. 혼자 애들 뒷바라지하느라 애면글면 속 썩었을 남편의 심정을 알겠다. 남편도 쉴 자격이 있다. 암, 그렇고말고. 비록 놀이라 해도 말이다.

우리가 그 왕관을 벗기려 했지만, 어림도 없었어요. 아버지는 간만에 정말 마음에 드는 걸 발견했다는 듯 완고하셨어요. 아마 아버지는 이제 엄마에게 전화하지 않을 거예요. 찾아가지도 않을 거고요. 왕이 된 후로 손가락, 발가락 하나 까딱하기 싫어하시거든요.

아들의 메시지를 읽는 간병인의 목소리가 살짝 떨린다. 마치 아들의 목소리가 떨리는 듯하다.

잠시만요. 이제 거의 다 읽었는데……. 식사 왔나 보고 올게요.

간병인이 후다닥 일어선다. 벌써 점심때인가. 아침을 먹고 얼마 지나지 않은 듯하지만, 간병인이 그렇다고 하면 그렇겠지. 진숙 씨는 지금이 점심시간이라는 걸 받아들이기로 한다. 남편이 왕이 되었다는 걸, 앞으로 계속 왕으로 지내리라는 걸 받아들이는 것처럼. 진숙 씨는 자신이 왕처럼 지내듯 남편 또한 왕처럼 지낼 권리가 있다고 생각한다. 아이들이 시중드느라 힘들겠지만, 아이들을 끔찍이 사랑하는 남편이 언제까지나 왕으로 지낼 리는 없으리라 생각한다.

식사가 왔네요. 마저 읽고 드릴게요.

자리로 돌아온 간병인이 다시 목청을 가다듬는다.

엄마, 내가 요즘 기타 연습을 하고 있어요. 시간이 아주 많거든요. 들어보실래요?

진숙 씨는 아들이 언제부터 기타 연주에 관심이 있었는지 알지 못한다. 잠시 후 음악이 들린다. 진숙 씨도 익히 아는 〈알함브라 궁전의 추억〉 같은 게 아니다. 처음 듣는 멜로디인데, 비장하고 아름답다.

아드님이 연주를 너무 잘하네요.

간병인의 목소리가 아까보다 더 떨린다. 한참을 저어도 묽어지지 않을 것 같은 물엿처럼 목소리가 끈적하다. 한 줄 한 줄 현을 더듬는 아들의 손길이 간병인의 손을 통해 진숙 씨의 팔에까지 와 닿는다. 유일하게 살아 있는 감각 한 줌이 혼신의 힘을 다해 그 손길을 간직하려 한다. 진숙 씨는 불현듯 아들이 연주한 게 장송곡 같다는 생각을 한다. 연주가 서서히, 아련하게 끝난다.

이제 식사하시죠.

간병인이 틸팅 침대를 세워준다. 진숙 씨의 상체가 자의와 상관없이 서서히 일으켜진다. 왕의 목에 방수 천으로 만든 턱받이가 채워지고, 맛, 향, 색을 도무지 알 수 없는 무언가가 입으로 들어온다.

왕 놀이가 끝나는 대로 면회 오시겠대요. 건강하게 잘 지내시라고 하네요.

간병인이 아들의 마지막 말을 전한다. 코로나라는 왕관을 쓴 남편이 아내의 배웅도 받지 못한 채 떠났다는 사실을 모르는 진숙 씨 눈에, 얼핏 하얗고 붉고 노란 꽃들이 들어온다. 2020년 봄이다.

【 흐르는 말 】
코로나19가 세상을 휩쓴 2020년 봄, 안타까운 '왕 놀이'를 목도했다.

호모 그 무엇이든

인간은, 지치지 않고, 유희의 인간이었다. 호모 루덴스. 그러므로 유정은 자신과 성이 다른, 그러나 성이 다르다고 해서 관계가 달라지지는 않을 인간에게 분홍색 새 운동화를 신겼다. 진애가 성긴 이를 가감 없이 드러내며 물었다. 우리 어디가? 유정은 거의 텅 빈 신발장에 한 번 더 눈길을 준 후 답했다. 놀러 가. 유정은 정작 자신이 신을 신이 없다는 사실을 받아들이느라 잠시 꾸물거렸다. 장에 빼곡했던 신발들을 처리한 후 남은 신발이 몇 개 되지 않았다. 유정은 진애의 손을 잡고 일으켜 세운 후 슬리퍼를 끌며 집을 나섰다. 호모 에렉투스. 인간은, 어쩌면 불필요하게도, 직립보행의 인간이었다.

미숫가루를 녹인 물처럼 뿌연 공기에도 불구하고, 거리는 날씨 따위에 휘둘리지 않는 젊은이들로 가득했다. 휘둘릴 만한 것을 찾던 유정은 에스닉 스타일의 팔찌며 손지갑 따위를 파는 초록 머리 여자 앞에 진애를 세웠다. 와, 예쁘다! 예쁘다! 진애가 몸을 흔들며 감탄사를 연발했다. 유정은 웃는 진애의 입가에 흐르는 침을 닦아주었다. 여자가, 화사한 봄보다 중하다기에는 초라하지만 초라하다고 감히 외면할 수는 없는 돈에 휘둘리며 이 팔찌, 저 팔찌를 권했다. 진애가 갑자기 가판대에 놓인 팔찌 여러 개를 움켜쥐었다. 유정이 억지로 진애의 손가락을 폈다. 욕심이 많거나 결정 장애가 있는 손님 상대에 이골이 났을 여자가 옷에 떨어진 초록색 머리카락 한 올을 무심코 집어내며 상황을 종료했다. 보라색이 제일 잘 어울리네! 돈을 지불한 유정이 미련을 떨치지 못한 진애의 손을 끌었다. 인간은, 기꺼이 호모 콘수무스, 소비의 인간이었다.

유정이 전시관 입구에서 표를 내밀었다. 안내원이 기념품인 에코백과 비누를 건네주며 말했다. 안쪽 계단으로 올라가시면 2층과 3층에 작품이 전시되어 있습니다. 유정도 안내원일을 한 적 있었다. 오래전 일이었다.

전시 첫날이라, 1층은 강연자와 공연자, 그리고 그들을 격려하거나 축하하러 온 사람들로 붐볐다. 유정은 기온보다 기분에 치우쳐 하늘거리는 옷을 입고 나온 사람들을 헤집으며 진애를 위해 길을 텄다. 유정과 진애 두 사람 모두 솜이 꽉꽉 찬 옷을 입고 있었다.

계단에 다다르기 직전, 갑자기 진애가 유정의 손을 뿌리쳤다. 최근에는 쉬 놓치려 드는 법이 없던 손이었다. 진애의 손이 지구의 공전 속도를 능가할 법한 빠르기로 테이블 위 음식을 덮쳤다. 물방울 모양 생크림을 올린 치즈케이크, 아몬드가 성의 있게 박힌 쿠키 등에 헐떡이며 뻗은 손. 하지만 그 손은 오렌지며 포도에까지는 이르지 못했다. 유정이 찰싹, 진애의 손등을 때렸기 때문이다. 그만! 유정이 매섭게 말하며 손으로 집은 케이크와 쿠키 밑에 접시를 받쳐주었다. 음료며 커피 등을 따라주던 봉사자가 당황스러운 얼굴로 포크와 냅킨을 챙겨주었다. 진애가 허겁지겁 케이크를 먹어치우고 쿠키를 한입 가득 넣었을 때, 전시를 기획했다는 관계자의 인사말이 시작되었다. 이번 전시는 정신의학이라는 용어가 대두되었던 19세기 환자들의 사진과 함께 아르 브뤼라는 새로운 개념으로 각광을 받은 미술품들을 선보이고 있습니다. 기슬랭……, 벗이 미술관……, 장 뒤뷔페……, 원시성……, 충동……, 기원…….

유정이 냅킨에 물을 묻혀 끈적거리는 진애의 손을 꼼꼼히 닦아주었다. 유정의 손을 놓으면서도 놓지 않는 집요한 손이었다. 진애의 손등에는 여전히 빨간 손자국이 남아 있었다. 봉사자가 진애의 손과 유정의 슬리퍼를 번갈아 보며 어쩔 줄 몰라하고 있었다. 호모 코무니칸스. 인간은, 무섭도록, 더불어 함께 하는 인간이었다.

전시에 초청된 가수가 데이비드 보위의 재평가된 〈네버 렛미 다운Never let me down〉을 열창하고 있었다. 추락하는 자신을 포기하지 말라고, 실망시키지 말라고, 일어서라고 절규하는 음성이 유정과 진애를 한 층 위로 이끌었다. 진애는 케이크와 쿠키 따위를 그새 잊은 듯 열중해서 계단을 올랐다. 예뻐, 예뻐! 자신이 신은 분홍색 운동화를 가리키는 말이었다. 한 사람은 즐거워하고 있었다. 다른 한 사람은 그렇지 않았다. 두 사람은 2층을 지나쳐 3층에 다다랐다. 유정은 더 오를 계단이 없어 실망한 듯 보이는 진애의 손을 끌며 말했다. 사진 보자. 신경증이나 히스테리에 시달리고 있음에 분명한 퀭한 눈의 여인이 네모난 틀 속에서 유정과 진애를 바라보고 있었다.

사람들이 아직 1층에 머물러 있었으므로, 사진 전시관은 한산했다. 중년의 두 여인이 전시물을 둘러보며 다정하게 이야기를 나누고 있었다. 자료 사진이라고 해도 너무 적나라한데? 환자의 동의를 받았거나, 보호자가 동의를 했겠지. 정신질환자의 예술 작품을 존중하기 위해 아르 브뤼라고 명명한다지. 그 명명 자체가 오히려 소외를 유발하지 않나 몰라. 전시 자체는……, 아웃사이더 아트……, 아름다움……, 호모 에스테티쿠스…….

유정이 하얀 옷을 입은 채 멍하니 사지를 늘어뜨린 남자의 사진을 들여다보는 사이, 진애는 팔을 들어 올린 채 손목에 감긴 보라색 팔찌를 골똘히 들여다보고 있었다. 사진 속 남자는 옷이 아니라 하얀 종이 안에 들어가 있는 것 같았고, 보라색 팔찌는 팔이 아니라 나뭇가지에 걸린 것 같았다. 예쁘다! 예쁘다! 진애가 중얼거리며 춤을 추듯 스텝을 밟았다. 돌연 유정이 오른발을 뻗었다. 집요하게 감탄을 이어가던 진애가 무방비 상태로 발에 걸려 넘어졌다. 아파, 아파! 군데군데가 빠지거나 썩은 앞니를 모조리 드러내며 진애가 고통을 호소했다. 이야기를 주고받던 두 여인이 달려왔다. 괜찮아요? 한 여인이 진애를 부축하려 들었지만 진애가 그녀의 손을 뿌리쳤다. 유정이 천천히 진애를 일으켜 세우며 말했다. 괜찮습니다. 진애는 이게 모두 손을 잘 잡지 않아 생긴 일이라는 듯 유정의 손을 꼭 잡았다. 호모 파티엔스. 인간은, 경이롭게도, 견뎌내는 인간이었다. 또한 타인의 고통보다는 자신의 무심함에 더 초조해하며 함부로 손을 내밀기도 하는 호모 엠파티쿠스, 공감하는 인간이었다.

유정과 진애는 엘리베이터를 타고 한 층 아래로 내려왔다. 진애가 운동화에 흥미를 잃어버렸기 때문에 더 걸으려 들지 않아서였다. 2층에는 판화며 데생, 유화, 수채화 등 다양한 그림들이 전시되어 있었다. 유정과 진애는 새를 먹는 남자의 그림 앞에 섰다. 새를 먹고 있는 와중에 한 손으로 또 다른 새를 붙잡고 있는 남자의 눈이 말하고 있었다. 왜? 뭐가 문제야? 온 얼굴에 피를 튀긴 채로, 깃털도 뽑지 않은 살아 있는 새를 먹는 자의 얼굴은 놀라우리만큼 천진했다. 진애는 그림에는 눈길도 주지 않은 채 이야기를 시작했다. 예전에 나를 그렇게나 쫓아다녔던 석이는……. 인간은, 기원부터 종말에 이르기까지 언제나 호모 나랜스, 이야기하는 인간이었다. '이야기'는 사건과 느낌을 잇기 위해 반드시 필요한 장치로 알려져 있었다.

유정은 천천히 다음 그림에 시선을 두었다. 나체인 사람들이 마치 놀이를 하려는 듯 공이나 상자를 들고 뛰어가고, 군인들이 꽃밭에서 총을 겨누는 그림이었다. '57 적의 전선을 교란시켜라'는 제목을 단 헨리 다거 그림이었다. 유정은 웃었다. 작은 성기를 단 나체의 남자들이 여자들의 땋은 머리나 파마머리를 하고 있어서가 아니었다. 군인에게 총을 맞았는데도 멀쩡히 산 채로 다른 군인을 내려다보는 새가 귀여워서도 아니었다. 유정은 인간이 스스로를 배제시키고서도 우직하게, 호모 아르텍스, 예술의 인간이라는 사실이 우스웠다. 이제 진애는 석이가 자신의 사랑을 얻기 위해 얼마나 오래 바둑을 두었는지에 관해 이야기하고 있었다.

강연회와 공연이 다 끝나서인지, 2층으로 사람들이 모여들었다. 루트 안에 갇힌 채 분수로 빠져나오지 못한 무리수만큼이나 황망히 이야기를 이어가던 진애가 기어코 관람객 한 명을 붙들었다. 저, 석이가 저를 찾고 있거든요. 진애가 여기 있으니 오라고 전해줄래요? 진애는 어느새 또다시 유정의 손을 놓고 있었다.

잠시 후, 전시장 한쪽에서 작은 소란이 일었다. 진애가 눈을 꼭 감은 채 상체를 구부리고 팔을 뒤쪽 위로 뻗은 기묘한 자세를 취했기 때문이었다. 70년대 국민체조의 등배 동작을 응용해 고행을 하는 요가 수행자 같았다. 진애는 자신을 찾으

러 온 석이임에 분명한 구급대원들이 올 때까지 팔을 내리지도 허리를 펴려고도 하지 않을 터였다.

마지막 외출은 끝났다. 유정은 119와 통화를 마친 후 슬리퍼를 떡떡거리며 전시관 복도를 오갔다. 치매 환자는 아이라고 생각하시면 됩니다. 놀아주고 애정을 쏟아주면 '상당한 정도로' 악화를 막을 수 있습니다. 의사는 그렇게 말했고, 유정은 '상당한 정도로'가 문법에 맞는 말인지에 대해 오래 생각했다.

유정은 어떤 인간이든, 가령 문법적인 인간을 뜻하는 호모 그라마티쿠스든 윤리적인 인간을 뜻하는 호모 에티쿠스든 혹은 이중적인 인간을 뜻하는 호모 듀플렉스든, 모두 받아들일 수 있었다. 인간이 과연 생각하는 인간이며 심지어 영적인 인간이라는 데에도 고개를 끄덕일 수 있었다. 도무지 수긍할 수 없는 한 가지는, 그 호모 무엇이라는 한 인간이 자신의 어머니라는 사실이었다.

【 흐르는 말 】
인간을 어떻게 명명해도 사실 아무런 위안이 되지 않는다. 슬피 눈물 흘리는 인간을 의미하는 호모 라크리모수스Homo Lacrimosus라면 또 모를까.

천사의 벌

인간 세상을 연구하던 천사 류은 결국 '지상에서의 1년'을 선고받았다. 중죄를 짓지 않고서야 지상으로 내려가는 벌을 받는 경우는 흔치 않았기에, 소문이 무성했다. 연구실 동료 천사 중 어떤 이는 류이 하늘과 지상을 연결하는 사다리를 만들고 있다가 걸렸다고 했고, 어떤 이는 그가 신의 가장 은밀한 치부 하나를 인간에게 알려주었기 때문이라고 했다. 턱도 없는 가정에서부터 타당성 있어 보이는 추측에 이르기까지 설은 분분했지만, 류은 순종의 명을 지켜 입을 다물고 있었다. 류의 반발심은 강했으나 신의 뜻을 거스를 만큼은 아니었다. 천사들은 자신의 잘못을 완전히 인정하지는 못하는 듯 보이는 륜에게 갖가지 위로의 말들을 해주었다.

인간들은 늘 세월이 나는 화살 같다고 하잖아. 1년은 금방 지나갈 거야.

그냥 기분 전환이나 좀 하고 온다 생각하게. 연구에도 도움이 될 거야.

그때, 200여 년 전 지상의 한 키 작은 군인에게 진정성이 있다고 주장했다가 오래 벌을 받았다고 알려진 음악의 천사가 륜의 어깨를 두드렸다.

하루면 충분할 걸세, 신께서 왜 그런 벌을 주셨는지 알게 되기까지.

륜은 의문에 차서 음악의 천사를 쳐다보았으나 그의 표정이 대답을 거부하고 있었으므로 순순히 눈을 감았다. 동료 천사들은 격려의 말을 남긴 채 하나둘 자리를 떴다. 이윽고 륜은 팔다리가 길고 여윈 여섯 살 사내아이의 영혼으로 떨어져 들어갔다.

아직 너무 덥지 않은 초여름의 아침이다. 엄마는 잠이 덜 깬 륜에게 재빨리 옷을 입힌다. 거실에서는 베토벤 교향곡 3번이 울려 퍼지고 있다.

자, 얼른 가야지. 첫날부터 늦으면 안 돼.

억지로 세수까지 당한 류이 식탁에 앉자, 엄마가 동화책을 들고 온다. 식탁에는 메추리알조림이며 달걀찜, 미역국 등이 차려져 있다. 웅장하게 클라이맥스로 치닫던 교향곡이 엄마의 손가락 동작 하나로 간단히 죽어버리고 만다.

밥 먹기 싫어.

류이 투정 부려보지만 국에 적신 밥 한 숟가락이 재빨리 입으로 들어오는 통에 더는 말을 하지 못한다. 반사적으로 입을 오물거려 밥을 먹고 있는 동안 엄마가 동화책을 펼쳐 든다. 달이 한숨을 쉴 때마다 세상이 조금씩 무너져 내리는데, 한 아이가 그 달에 도전한다는 내용의 동화다. 류은 작게 말해본다.

그거 싫어.

그럼 『분홍 양파』 읽어줄까?

그것도 다 알아. 싫어.

알았어. 이따 새 책 사줄게. 하지만 같은 내용을 반복해서 들어야, 신경 다발이 더 많이 연결돼 머리가 좋아진대.

류은 내용을 다 알아서 싫은 게 아니라 다른 이유 때문이라고 말하고 싶다. 하지만 그 다른 이유가 무엇인지 조리 있게 설명할 만큼 자라지는 못했다. 류은 엄마가 입에 넣어준 메추리알을 힘없이 혀로 굴린다.

씹어 먹어야지. 빨리 먹어. 아홉 시까지 가야 해.

메추리알 먹기 싫어.

뇌가 발달하려면 레시틴이 많이 들어간 음식을 먹어야 해. 달걀찜 올려서 세 번만 더 먹자.

류은 달걀 비린내에 진저리를 치며 겨우 밥을 삼킨다. 엄마는 동화를 계속 읽는다. 아이가 동굴 속 얼음을 잘라 달을 향해 던질 창을 만드는 장면에서, 엄마의 목소리가 비장해진다.

내 창으로 저 고운 달의 얼굴에 상처를 내도 될까?

류은 다음 구절을 이미 알고 있다. 연약한 척하는 달의 미소에 속으면 안 된다고 동화 속 아이는 다짐할 것이다. 류이 저도 모르게 구절을 입 밖에 낸다.

달의 한숨에 속으면 안 돼.

엄마가 기쁜 듯 외친다.

우리 류이. 똑똑하기도 하지. 다 외우고 있구나. 아유, 기특해.

차 안 오디오에서 『달의 한숨』이 중국어로 낭송되고 있다. 엄마는 다짐하듯 류에게 말한다.

영어나 중국어나, 한국어처럼 잘하려면 많이 듣는 수밖에 없어. 알지?

류은 대답하지 않고 창밖을 바라본다. 작은 차, 큰 차, 짧은 차, 긴 차, 흰 차, 검은 차……. 온통 차들이다. 엄마가 짜증을 낸다.

방학에 차가 더 많다니까. 쉬라고 방학인데 다들 어딜 이렇게 나다니는 거야?

류은 엄마의 문장 중 '쉬라고 방학'이라는 바로 그 말을 짚어보고 싶지만 아직 그 정도의 순발력은 없는 터라, 그저 손에 들고 있던 두유를 한 모금 쭉 빨아 먹을 뿐이다.

체육관은 어찌나 냉방이 잘 되는지, 해가 중천에 떠 있는데도 전혀 덥지 않다. 류은 줄넘기를 시작으로 공 굴리기, 암벽 기어오르기 등 여러 가지 운동을 하고 있다. 류의 엄마는 운동을 같이하는 류의 친구 엄마들과 체육관 위층 커피숍에 앉아 있다.

류이 운동을 이렇게 좋아할 줄 몰랐네요.

운동 근육 발달이 뇌에 미치는 영향이 엄청나다잖아요.

바로 시작하길 정말 잘했어요.

엄마는 운동의 효과로 점차 커지는 류의 전두엽, 측두엽, 두정엽, 후두엽 등을 상상하며 즐거워한다.

류은 이제 반듯하게 줄이 그어진 마룻바닥에서 달리기를

준비하고 있다. 이것만 끝내면 아이스크림을 먹을 수 있을 거라는 선생님 말에 늘어지는 몸을 추스른다.

자, 있는 힘껏 달려서 스트레스를 확 날려버려야 한다. 알았지?

운동으로 륜의 뇌에 많은 혈액이 공급된 것은 사실이지만 륜의 사고력이 '스트레스'라는 말을 완벽하게 이해할 수 있을 정도로 확장되지는 않았다. 륜은 선생님의 말투가 자못 비장했으므로 그 스트레스란 것이 달이 내쉬는 해로운 한숨과 비슷하리라 짐작할 뿐이다. 륜의 영혼에 들어간 천사는 갑갑해하며 분통을 터뜨린다. 그러나 영혼의 울림은 아직 너무 어린 륜에게 가닿지 않는다. 다만 륜은 달을 공격하는 얼음 창 따위를 체육관에 던질 수 있지 않을까, 하고 공상할 뿐이다. 륜은 달린다. 아이스크림을 먹고 쉴 수 있다는 생각이 아이를 열심히 달리게 만든다. 천사 륜은 하루면 충분할 것이라던 대천사를 떠올린다. 그에게는 한나절로 충분했다.

1년 후, 돌아온 천사 륜은 음악의 천사 루트비히의 거처에 초대를 받았다. 륜의 얼굴은 누렇게 떠 있었으며 골격은 앙상했다.

미술, 음악, 문학이 실패했던 것을 운동이 해낼 수 있으리라 확신했던 저의 생각은 오만함의 극치였습니다. 순수한 신체의 움직임이라는 게 정화의 길을 열어주리라 믿어, 신께 감히 반기를 들었죠.

류이 침통하게 말했다. 루트비히가 자신이 사랑하는 음악을 준비하며 대수롭잖다는 듯 말했다.

너무 낙담하지 말게. 나 역시 인간의 정신에 대해 확신했던 대가를 톡톡히 치렀지만, 이런 게 남았다네.

음악의 천사는 한때 '보나파르트'라는 제목을 가졌던 자신의 음악을 천상에 울려 퍼지게 했다. 물리적인 힘이 어떻게 절대적인 아름다움과 소통할 수 있는지를 그려주는 감동적인 선율이었다. 하지만 그 순간, 천사 류은 하얗게 질린 얼굴로 사정했다.

제발 멈춰주세요. 그 음악 역시…….

자신의 음악을 멋있게 펼쳐 보이려던 천사 루트비히 판 베토벤은 아쉽다는 듯 교향곡을 멈추었다.

이런, 정말 미안하네. 자네가 지난 1년간 고문받았다는 사실을 깜빡했네. 어서 가서 토하게.

류은 비틀비틀 떠나갔다. 동료 천사들은 류이 너무 가혹한 벌을 받았음이 틀림없다며 그를 동정했다. 영원히 오염되지 않을 순수한 인간의 몸을 연구했던 천사 류에게, 전도된 것들의 악취는 그 후로도 쉽사리 사라지지 않았다.

【 흐르는 말 】
음악, 미술, 문학은 물론 놀이나 운동마저 아이들의 목을 조른다. 오늘날 우리 사회에서 교육은 진화하는 마약이다.

4.
희미한 열림

랍스터 도난 사건

유학 생활 7개월째에 접어들고 있었다. 나는 학원 가는 날을 제외한 다른 모든 날에 중국 식당에서 일했다. 그래도 지치지 않았던 건, 간장이나 두반장 소스 냄새를 온몸에 묻히고 걸어가도 타인과 어깨를 부딪치거나 내게서 나는 냄새 때문에 무안해질 일이 없기 때문이었다. 나는 아일랜드인들 스스로는 종종 심심하거나 외롭다고 여길지 모를 모종의 그 '간격'에 감사하고 있었다.

식당 오픈을 위해 부지런히 움직이고 있는데, 밖에서 소란스러운 소리가 들렸다. 두서너 사람이 문을 여는가 싶더니 눈이 마주친 나를 다급하게 불렀다. 식당 앞에 놓인 수족관을 보고서야 사태를 파악했다. 주인 메를린이 최고 등급이라며 자랑스레 전시했던 랍스터들이 모두 사라지고 없었다. 대머리 남자가 길 아래쪽을 가리키며 말했다.

모두 세 사람이었어요. 한 사람이 두 마리씩을 들고 뛰어갔어요.

나는 하동거리며 같이 일하는 직원들을 불렀다. 식당에서 가장 오래 일한 중국인 찬이 조선족 련에게 다급히 지시를 내리고는 달려나갔다.

큰길에서 왼쪽으로 꺾어졌어요. 거기까지는 확실해요.

보라색 외투를 입은 노부인이 찬에게 했던 말을 그대로 다시 우리에게 했다. 가게 옆 ATM기 아래서 구걸을 하던 노숙자가 부연 설명을 했다.

비니를 쓴 사람과 야구모자를 쓴 사람이 있었죠. 다른 한 명은 모자를 쓰지 않은 밝은 금발. 정말 신속했어요.

나는 늘 아기 유령 캐스퍼처럼 너부러져 있던 그 노숙자의 척추가 전혀 휘지 않았다는 사실을 그날 처음 알았다. 지나가던 행인 몇 명이 가세해 재깔이기 시작했다.

검은색 고무장갑을 낀 세 노인이 나타나 수족관에 손을 쑥 넣었어요.

한 치의 망설임도 없었죠. 랍스터를 꺼내고 저 모퉁이로 사라지기까지 30초도 안 걸린 거 같아요.

사람들은 30초도 걸리지 않은 사건을 두고 30년은 떠들 태세였다. 런이 그사이 메를린과 여러 차례 통화를 한 후 경찰서에도 신고를 했다. 우리는 일에 집중할 수가 없었다. 새 테이블보를 깔아야 했고 재스민 잎을 찻주전자에 담아야 했으며 젓가락이나 포크 등을 냅킨으로 감싸야 했지만, 자꾸 수족관으로 시선이 갔다. 애초에 내게 랍스터 도난 사실을 알렸던 목격자들이 자리를 뜨지 않고 수족관 근처에서 서성이고 있었다. 노인들이 왜 랍스터를 들고 갔을까? 랍스터 요리를 해먹으려고? 예전에 유행했던 플래시 몹 같은 건가?

메를린이 곧바로 도착했다. 그녀는 언짢을 때면 눈꼬리를 관자놀이까지 길게 끌어올려 매꿎은 인상을 쓸 수 있는 사람이었다. 하지만 대체로 슴슴하고 체체한 성격의 소유자였다. 메를린이, 신고를 했으니 경찰이 올 거라는 말로 우리를 안심시켰고 식당 밖 수족관 옆을 떠나지 못하는 목격자들을 안으로 불러들였다. 런을 시켜 그들에게 차를 대접했다. 목격자들이 각자 처음부터 다시 정황을 늘어놓았다. 메를린이 연신 고개를 끄덕이며 경청했고, 간간이 우리에게도 질문을 던졌다.

띠리링! 문에 달린 벨이 울렸다. 시선이 일제히 키가 매우 작고 머리가 큰 여인에게로 쏠렸다. 왜소증 장애를 가진 그 여인이 손님이 아니라는 건 한눈에 알 수 있었다.

당신들의 랍스터를 봤습니다. 금발 노인이 랍스터를 들고 뛰어가는 걸 가까이에서 봤어요.

우리는 여인 주위로 몰려들었다.

어디서요?

오코넬 다리에서 베케트 다리로 이어지는 강변로였어요.

말레이시아인 직원 쿤빈이 의아한 표정을 지으며 물었다.

어떻게 우리 식당 랍스터인지 확신하시죠?

다들 알아요.

나를 포함해 식당에 있는 모두가 고개를 끄덕였다. 더블린은 작은 도시였다. M50 고속도로 진입로 가까이에 있는 어느 집이 공사를 하고 있다고 누군가가 말하면 다른 누군가가 그 집 대문이 1년 전에는 흰색이었는데 초록색으로 바뀌었다고 말해도 이상하지 않은 곳이었다. 한술 더 떠서 또 다른 사람이, 그게 딸 가족을 위한 확장 공사라고 덧붙여도 못 미더울 게 없었다. 유학 온 지 석 달밖에 안 되는 쿤빈을 제외한 우리 모두는, 키 작은 여인이 랍스터가 식당 소유라고 한 데에 열

가지 이상의 근거가 있으리라 짐작했다.

　다시 띠리링, 출입문에 달린 종이 심상찮게 울었다. 회색 눈의 마른 남자가 약간 숨을 헐떡이며 들어섰다.

　양손에 랍스터를 든 두 노인이 더블린 만의 북쪽과 남쪽으로 갈라져 뛰어가는 걸 봤어요.

　메를린이 그에게 차를 좀 마실 건지 물어봤다. 그가 '고맙지만 사양한다'며 고개를 가로젓고는 괜찮다면 물이나 한잔 마시겠다고 했다. 다급하게 달려온 게 분명했다. 남자가 물었다.

　랍스터들의 집게발이 모두 묶여 있었던 거 맞죠?

　맞아요. 푸른 실로 묶어두었죠.

　메를린이 언젠가 고향 친구를 우연히 손님으로 맞았을 때처럼 반가워하며 외쳤다.

　우리 가게에서 가장 크고 싱싱한 놈들만 내놓은 거예요.

　어느 결엔지 주방에서 올라온 콰이가 신음하듯 말하고는 쿵쿵거리며 다시 내려갔다. 선별한 최상급 랍스터들을 손수 수족관에 넣은 콰이는 분개한 듯했다.

　또로로, 궁근소리가 들리면서 매우 조심스럽게 문이 열렸다. 길고 하얀 줄무늬가 있는 아디다스 바지를 입은 10대였다.

트리니티 의대 쪽 길에서 여기서 일하는 중국인 아저씨가 달려가는 걸 보았습니다.

우리는 소년에게 어떻게 그 중국인이 여기서 일하는 사람인지 아느냐고 묻지 않았다. 모르긴 몰라도 스무 가지 이상의 근거가 있으리라 생각했다.

제 친구들 말에 의하면 랍스터 도둑들은 각각 다른 길로 흩어졌어요.

소년이 메를린이 따라주는 차를 받아들며 말했다. 나는 찬이 도대체 어디까지 그들을 쫓아갔을지 추측해보았다. 세 사람이 세 갈래 길로 갈라졌다면, 찬이 여섯 마리의 랍스터를 도로 찾아오는 일은 불가능할 듯싶었다.

벨이 길게 울었다. 띠리링링리이잉. 젊은 여인 둘이었다.

우리가 그 노인들을 알아요. 동물보호협회 소속 사람들이에요.

뭐라고? 동물보호?

그럴 자격이 있을 법한 메를린과 어느새 또 홀로 나온 콰이가 동시에 물었다. 손만큼 발도 빠른 콰이는 주방에 있나 싶으면 홀에 있었고 홀에 있나 싶으면 주방에 있었다. 그는 그런 상황에서도 누군가는 음식을 만들어야 한다는 걸 잊지 않은 듯 보였다. 손에 커다란 대파를 들고 있었다.

그럼 랍스터를 살리겠다고 훔쳐 갔다는 겁니까?

콰이가, 막 기가 막힌 랍스터 요리가 생각났다는 듯 안타까운 표정으로 물었다. 두 여인이 안됐지만 그렇다며 고개를 끄덕였다. 그들의 목적은 분명하다는 것이었다. 이름하여 방생. 두 여인은 자신들도 한때 그 단체에 있었기에 그들을 잘 알고 있다고 말했다.

그 단체의 어떤 사람은 애완동물 가게에서 토끼를 사다가 호스 언덕에 풀어주곤 했어요.

그래봐야 여우들의 하룻밤 먹이도 안 되는데 말이죠. 우리가 그 단체를 나온 건 하는 일들이 모두 불합리해서였어요.

이슬람교를 버린 후 중국 식당에 취직했고, 불교로 개종할까 고민 중이라고 고백한 바 있는 쿤빈이 부지불식간 합장을 하다가 메를린의 눈치를 보았다. 우리는 어떻게 메를린을 위로해야 할지 알 수 없었다. 여섯 마리의 랍스터는 최고 등급이니만큼 정말 비싼 놈들이었다.

우리가 선 채로, 앉은 채로 혹은 비스듬히 벽에 기댄 채로 웅성거리고 있는데, 한 남자가 들어섰다. 문에 달린 벨은 이제 약간 지친 듯 크게 울지도 않았다. 카멜색 코트를 입은 되알진 몸매의 남자가 수첩을 꺼내면서 물었다.

이곳 주인이 누구시죠?

저예요. 메를린 오셔라고 합니다.

몸이 다부진 만큼 손도 다부진 남자가 악수를 청했다.

데이비드 린치입니다.

우리, 그러니까 나를 포함해 홀서빙 담당인 런과 쿤빈, 식당 주인 메를린과 주방장 콰이, 노부인, 대머리 남자, 노숙자, 왜소증 장애 여인, 회색 눈의 남자, 소년, 그리고 두 젊은 여인은 아일랜드 경찰이 거듭나고 있다는 소문이 사실이라는 데 조금 놀랐다. 경찰이 그렇게까지 신속할지 몰랐기 때문이다. 사건이 나고 30분도 지나지 않았다. 지난번에 식당 손님이 지갑을 도둑맞아 신고했을 때는 한나절이 걸렸다.

메를린이 런에게 차를 더 준비하도록 지시했다. 남자가 영민해 보이는 눈동자를 굴리더니 우리 하나하나와 눈을 맞추며 물었다.

랍스터 도둑을 본 게 누굽니까?

데이비드 린치가 크로스로 맨 가방을 뒤적이며 물었다. 가방은 그가 입은 코트와는 다소 어울리지 않았다. 낡은 가방에서, 곧 버려야 할 듯 보이는 몽당연필이 나왔다. 그가 작은 수첩을 넘기며 무언가를 적기 시작했다. 그 순간에 남자가 콜롬

보나 홈스 같다고 생각한 건 나만이 아니었을 것이다. 린치가
제 질문이 너무 포괄적이었다는 걸 깨달았다는 듯, 아, 하더
니 다시 물었다.

최초 목격자가 누구시죠?

노부인이, 좋아하는 소년에게 마음을 들킨 소녀처럼 부끄
러워하며 손을 들었다.

아마도 저일 겁니다.

그들의 인상착의를 말씀해주시죠.

대머리 남자와 노숙자가, 노부인이 기억을 떠올리는 일에
다시금 열성을 보였고 곧 모두가 가담해서 본 바를 증언했다.
린치가 밖으로 나가더니 올차고 야무진 손을 쫙 펼쳐 수족관
의 가로, 세로 등을 재고 기록했다. 그가 곧 다시 들어오더니
이번에는 주방에 있는 수족관을 볼 수 있느냐고 물었다. 콰이
가 기꺼이 안내를 맡았다. 나는 콰이가 다른 랍스터를 둘러보
다가 울음을 터뜨리지나 않을까 걱정이 되었다.

조금 후 주방에서 나온 린치가 말했다.

아래에 있는 랍스터들도 아주 크고 싱싱하던데, 그보다 더
멋진 녀석들이 사라지다니 안타깝습니다.

맞아요. 정말 멋진 녀석들이었어요.

그 순간에 크고 싱싱하고 멋진 랍스터를 떠올리지 않은 사

람은 아무도 없었을 것이다. 더블린 동쪽 바다 어딘가에 떨어져, 뜻밖의 행운에 기뻐하며 유유히 헤엄치고 있을 여섯 마리의 랍스터들.

린치는 이어 식당의 테이블 개수를 세기도 하고, 추가로 질문을 더 던지기도 하며 조사를 계속했다. 점심 장사를 시작해야 할 시간이 코앞이었지만, 다들 랍스터 이야기에 열을 올리며 테이블 주변을 맴돌고 있었다. 평소에 예의 바르게 벌어져 있던 아일랜드인들의 '간격'이 거리낌 없이 좁혀지고 있었다.

마침내 찬이 돌아왔다. 약간 검은 편인 그의 얼굴이 더 검어져 있었다. 찬이 숨을 고르며 말했다.

클라크 다리가 있는 곳까지 갔는데, 거기 모여 있던 사람들이 거의 1분 전에 노인이 랍스터를 바다에 던지고는 택시를 타고 사라졌다고 했어요. 바닥에서 이걸 발견했죠.

찬이 푸른 실을 내밀자, 메를린이 실종된 자식의 신발 한 짝을 찾기라도 한 어머니처럼 비장한 표정으로 받아들었다. 린치가 찬에게 바짝 얼굴을 들이대더니 물었다.

택시 번호를 기억하는 사람은 없었고요?

찬이 조금 놀라며 한 걸음 뒤로 물러났다.

그것까지는 물어보지 못했어요.

남자가, 찬이 물어보지 않은 것을 책망이라도 하려는 듯 수첩 한 장을 쫙 찢어냈다. 종이를 뜯어내는 모양새가 몹시 단호해서 너 나 할 것 없이 찬이 실수했다고 생각하지 않을 수 없었다.

자, 이제 어떻게 해야 하죠?

메를린이 침울한 분위기를 바꾸기라도 하려는 듯 부러 명랑하게 물었다.

동물협회를 수소문해서 세 노인을 찾아낸 뒤 랍스터 값을 변상받으면 되지 않을까요?

귀여운 얼굴이 발그레하게 달아오른 노부인이 말했다. 두 젊은 여인도 고개를 끄덕였다. 그때 린치가 자신의 수첩을 접어 주머니에 넣으며 천천히 말했다.

그런 건 경찰이 다 알아서 해주죠. 경찰이 곧 도착할 겁니다.

우리는 어안이 벙벙해졌다. 직접 경찰에 신고를 했던 런이 따지듯 물었다.

당신이 경찰이 아니란 말이에요?

남자가 시물새물 웃으며 말했다.

제가 언제 경찰이라고 했나요?

그러고 보니 남자는 경찰복도 입지 않았다. 그런데도 우리는 그가 사복을 입은 형사쯤 되리라 지레짐작했던 것이다.

그런데 왜 조사를 한 거죠?

메를린이 도전적으로 묻자 남자가 기분이 좀 상했다는 듯 답했다.

도와주고 싶어서죠.

한숨이 나왔다. 그러면서도 우리는 고개를 끄덕일 수밖에 없었다. 의심할 여지가 없었다. 도와주려는 게 아니라 다른 목적으로 거기 있는 사람은 아무도 없었다. 모르긴 몰라도 그 순간에 나만 가슴이 뭉클하지는 않았을 것이다. 메를린이 갑자기 양손을 짝, 마주치더니 말했다.

어쨌거나 모두 식사들 하세요.

발만큼 손도 기막히게 빠른 콰이가 어느새 준비한 푸짐한 요리를 내오고 있었다. 나는 그날, 줄어들 기회만을 간절히 노리고 있던 모종의 그 '간격' 이면을 제대로 보았다.

【흐르는 말】
원환적 총체성이 가능했던 시절에 대한 루카치의 서술, 가령 '그들은 서로에게 결코 영원한 이방인이 아니며they never become permanent strangers to one another' 같은 구절이 떠오른다고 하면 너무 나간 것일까……

낙차

춘자 씨는 입술이 부르트고 입안이 헐었다. 신종 폐렴이 나라를 휩쓸고, 마침내 강남 유명 백화점마저 문을 닫은 여파였다. 확진자와 같은 시간대에 백화점에 있었던 홍 여사가 집에만 머물자, 대기업 부럽잖았던 춘자 씨의 근무 환경이 중소기업 하청업체만도 못한 처지로 전락하고 말았다. 주인 부부가 나간 후 텔레비전 앞에서 원격조종기를 눌러대며 막대기 커피를 마시던 때의 평화를 더는 누릴 수 없었다.

탈북민 출신인 춘자 씨에게 홍 여사는 까다로운 고용주가 아니었다. 입주 도우미로 일한 지 1년이 넘었지만, 춘자 씨는 홍 여사가 두어 마디 이상 길게 말하는 걸 들어보지 못했다.

춘자 씨가 보기에 홍 여사나 이사장이 집에 있는 이유는 오로지 집에서 나가기 위해서였다. 나가기 위해 샤워를 하고 나가기 위해 잠을 잤으며 나가기 위해 옷을 입었다. 춘자 씨는 집 안을 어지럽히지도, 잘 먹지도 않는 성인 두 사람이 사는 너른 집을 관리하는 게 조금도 어렵지 않았다.

코로나19 때문에 상황이 달라졌다. 홍 여사가 집에 있자, 춘자 씨도 나갈 수가 없었다. 게다가 이사장은 전에 없이 일찍 퇴근해 2층에서 따로 저녁을 먹었다.

홍 여사는 아침나절 드레스룸을 서성이다가 이후에는 스마트폰을 켠 채 거실을 서성였다. 통화하고 문자를 주고받고 물건을 주문하는 것마저 지치면 대개 동영상을 보았다. 춘자 씨는 제 전화기로 백종원 동영상 같은 걸 틀어놓고 요리했던 지난날이 그리웠다.

유튜브를 이리저리 뒤지던 홍 여사가 춘자 씨에게 외쳤다.

그래, 북한 음식! 그간 궁금했는데, 이 기회에 맛보고 싶네요.

홍 여사가 인터넷을 통해 다양한 식재료를 주문했다. 이전에 춘자 씨 혼자 잠깐씩 장을 보며 사들였던 양의 두 배 혹은 세 배쯤 되는 채소며 고기 등이 매일 새벽 문 앞으로 배달되었다.

춘자 씨는 펑펑이떡을 비롯해, 옥수수국수며 입쌀만두에 이르기까지 쉼 없이 요리했다. 뭐 하러 일부러 먹는지 모를 인조고기밥까지 만들어야 했을 때는 코로나19가 자신에게 억한 마음을 품고 전생에서부터 따라온 두억시니가 틀림없다고 생각했다. 부부가 잘 먹었다면 나름 보람이라도 있었을 것이다. 하지만 홍 여사도 이사장도 춘자 씨가 만든 북한 음식을 몇 번 뒤적이며 맛을 보는 정도에서 그쳤다. 하는 말은 애매했다.

괜찮네. 어릴 때 먹던 불량식품 맛, 딱 그거네.

이전에는 홍 여사도 이사장도 밥을 집에서는 거의 먹지 않았다. 그런데 요즘은 매 끼, 맛보는 데 그칠 북한 음식에 더해 실질적으로 배를 채울 다른 음식도 먹었다. 그것도 두 사람이 각각 따로. 춘자 씨는 종일 씻고 다듬고 볶고 삶아대느라 바빴다.

소독제가 든 스프레이를 들고서 집안 곳곳에 뿌려대는 일도 만만치 않았다. 뿌리면 창문을 열어 환기를 해야 했는데, 환기하고서 창문을 닫자마자 또 뿌릴 일이 생겼다. 가령 홍 여사가 주문한 물건들이 택배로 배송되면 현관에서부터 골고루 스프레이를 쏘아대야 했다. 춘자 씨는 오른손 엄지와 검지 사이가 우리하게 아픈 이유를 한참 후에야 깨달았다.

늘어난 택배 물품에서 포장재를 분리해 정리하는 일도 만만치 않았다. 수신인 정보가 적힌 송장을 뜯어내거나 분별없이 겹겹이 두른 테이프를 떼어내는 일은 성가셨다. 플라스틱 용기나 종이상자 등을 납작하게 만든 후 비닐에 넣거나 끈으로 묶는 건, 이전에는 주중에 한 번만 하던 일이었다. 춘자 씨 입에 헤르페스 균이 더께 앉을 만했다.

일요일에 이사장과 홍 여사가 다투었다. 춘자 씨로서는 처음 보는 일이었다.

골프는 야외에서 하니까 괜찮잖아.

골프장에 우리만 있냐? 캐디도 있고, 아는 사람을 만날 수도 있고.

그럼 계속 집에만 있어야 한다는 거야? 나는 양성도 아니잖아.

자가격리 중에 이탈해서 걸리면 주변에 신상 다 털려. 그 창피를 어찌 견딜 건데?

아, 공원에라도 나갔다 오면 정말 원이 없겠다.

춘자 씨 역시 홍 여사가, 아니 두 사람 모두 공원에라도 다녀오면 좋겠다고 생각했다. 하지만 부부는 볕 좋은 일요일 내내 집에서 나가지 않았다.

월요일, 홍 여사가 춘자 씨를 드레스룸으로 불렀다.

이 드레스 어때요?

치맛단이 여러 겹인 자주색 드레스는 홍 여사가 라틴 댄스인지 뭔지를 배우러 다닐 때 입는 옷 중 하나였다. 홍 여사가 뱅그르르 돌며 다시 물었다.

이 옷에, 이 구두 괜찮아요?

곱슴다.

이건요?

홍 여사가 구두를 바꿔 신으며 또 물었다.

곱슴다.

춘자 씨는 모처럼 홍 여사가 자신의 의견을 궁금해하니만큼 성의 있게 답하고 싶었다. 하지만 '곱슴다'에서 한 번은 끝의 '다'를, 한 번은 가운데 '슴'을 올려 강조했을 뿐이다. 사실 춘자 씨는 탈북민 친구 중에서도 옷을 가장 못 입는 축에 속했다. 친구들은, 눈을 씻고 찾으려야 찾을 수가 없는 게 춘자의 옷 입는 '센스'라고들 했다. 같은 옷을 두고도 춘자가 골라 입으면 북한에서 입던 인민복만 못하다며 놀리기도 했다.

화요일, 홍 여사는 종일 여기저기 전화를 했다. 글쎄 말이야. 이런 일이 생길 줄 알았나, 뭐. 한번은 약간 언성을 높이기도 했다. 내가 도대체 뭔 죄를 지은 거야? 내가 왜 이런 고생을 해야 하냐고! 식기세척기에서 그릇을 꺼내 정리하던 춘자 씨는 홍 여사의 한숨이 길게 이어지는 소리를 들었다. 통화를 마치고 어지럼증이 이는 듯 비실비실 부엌으로 온 홍 여사가 커피를 주문했다. 홍 여사는 갓난아기 젖 찾듯 종일 시커먼 커피를 찾았다.

수요일, 이사장의 와이셔츠를 애벌빨래하고 있던 춘자 씨가 문득 정수리 싸한 걸 느끼고는 고개를 들었다. 홍 여사가 문가에 기대서 있었다. 춘자 씨보다 나이가 많지만 10년은 젊어 보이던 홍 여사의 얼굴이 모처럼 춘자 씨와 비슷해 보였다.

요즘은 셔츠가 깨끗하죠? 어때요?

춘자 씨는 화들짝 놀랐다. 그간 이사장의 셔츠를 빨 때마다 이런저런 자국들을 보았다. 홍 여사는 깃과 소매만 문지르라 했지만, 춘자 씨는 세심히 다른 얼룩들도 살폈고 그에 대해 이러쿵저러쿵 떠들지 않았다. 홍 여사가 모른다고 생각했는데, 알고 있었다니 어쩐지 섬뜩했다.

깨끗합니다.

홍 여사가 피식 웃으며 문가를 떠났다.

목요일, 춘자 씨가 익힌 낙지의 속을 채우고 있었다. 홍 여사가 주변을 어슬렁거렸다.

낙지랑 오징어는 다른데, 북한에서는 오징어를 낙지라고 한다지요. 왜 그럴까?

춘자 씨가 어찌 알겠는가. 우물거리고 있는데 홍 여사가 또 물었다.

여기 동생이랑 넘어왔다고 했죠? 다른 가족들은요?

춘자 씨는 두어 번 탈북을 시도했다가 곤욕을 치른 후 기어이 몸져누운 어머니 얘기를 하고 싶지 않았다. 북한을 뜬 자매는 그 후로는 어머니의 생사조차 알지 못했다. 춘자 씨는 되도록 북한말을 쓰지 말라던 하나원 교육자들의 당부를 잊고 부지불식간 말했다.

일 없슴다.

금요일, 홍 여사가 갑작스레 춘자 씨의 이름에 관심을 보였다.

저기요. 아무래도 춘자라는 이름 너무 촌스러워요. 봄이 어때요?

……

봄이 좋은데……, 아니면 보미?

…….

동생 있다고 했죠? 동생 이름은 뭐예요? 설마 추자?

춘자 씨는 춘심이가 들었으면 홍 여사를 '호랑말코'라 욕하며 팔팔 뛰었으리라 생각했다. 추자, 추녀. 춘자 씨는 속으로 조용히 키득거렸다. '보미가 좋겠다'며 손뼉이라도 칠 기세였던 홍 여사는 나중에 춘자를 부를 일이 생기자 언제나처럼 '저기요'라는 말을 썼다.

토요일, 춘자 씨는 홍 여사의 지시대로 대청소를 했다. 이 사장이 늦게까지 일어나지 않는 방만을 제외하고 모두 소독제를 뿌리고 진공청소기를 돌렸다. 그리 시끄러운 소리가 나는데도 이사장은 방에서 나오지 않았다. 스팀 청소기에서 올라오는 더운 김 때문에 춘자 씨의 이마에 송골송골 땀이 맺혔다. 청소 후에는 세탁기와 건조기를 거친 이불보며 베개 커버 등을 다렸다. 춘자 씨는 물집이 잡힌 입술 가장자리를 저도 모르게 혀로 핥았다. 혀에도 까슬하게 혓바늘이 돋아 있었다. 홍 여사는 '확 찐 자'가 되었다며 저녁을 걸렀다. 저녁 설거지를 마치고 방에 들어간 춘자 씨는 동생과 잠시 통화를 한 후 시체처럼 쓰러져 잠에 빠졌다.

다음 날 아침, 드레스룸에서 아악, 아악, 비명이 새어 나왔다. 너무 피곤해서 늦잠을 잔 춘자 씨가 허둥지둥 달려가 보니 홍 여사가 바닥에 주저앉아 눈을 가리고 있었다.

저기요. 그거, 그거 좀 눌러서 꺼주세요.

홍 여사가 가리키는 건 저만치 옷장 앞에 떨어져 있는 스마트폰이었다.

이거요?

네, 빨리요. 빨리.

춘자 씨가 유튜브 동영상을 멈추자 홍 여사가 벌건 눈을 들고 춘자 씨를 바라보았다.

어쩌지? 보고야 말았네, 보고야 말았어.

홍 여사가 선반에 가득한 가방들로 고개를 들었다가 얼른 도로 내렸다. 춘자 씨는 반들반들 윤이 나는 가방들을 볼 때마다 참 곱다는 생각을 했다. 어디서나 볼 수 있는 연두색, 주황색, 하늘색이 아니었다. 세련되고 그윽하고 섬세하달까? 저 가방을 들고 나가야 할 텐데 그러지를 못하니까 숨이 막히는 거지. 춘자 씨는 생각했다. 춘자 씨도 홍 여사가 나가지 않아 정말 죽을 맛이었다.

글쎄 내 와니들이, 내 버킨 백들, 켈리 백들이…… . 아, 보고야 말았어.

홍 여사가 어깨를 떨며 울기 시작했다. 춘자 씨는 조금 전 스마트폰에서 본 장면을 떠올렸다. 악어 몇 마리가 배를 드러 낸 채 거꾸로 걸려 있었다. 하지만 그게 왜?

홍 여사가 춘자 씨에게 기대며 애처롭게 물었다.

저기요. 난 이제 어떻게 해야 할까요?

…….

아아, 정말 어찌해야 좋을지 모르겠어. 아아…….

춘자 씨야말로 어찌해야 할지 알 수가 없었다. 얼어붙은 두 만강을 건너다 군데군데 널린 시체를 봤을 때도 이처럼 당혹 스럽지는 않았다. 춘자 씨가 가만히 홍 여사의 어깨를 토닥였 다. 홍 여사가 무너지듯 춘자 씨에게 쓰러져서는 곡소리를 내 기 시작했다.

춘자 씨는 망할 역병이 사람 참 여럿 까부라지게 한다고 생 각했다.

【 흐르는 말 】
사상 초유의 바이러스 공포가 누구에게나 공평하게 닥쳤다는 말은
거짓이다. 바이러스와 인간 사이 격차보다 더 큰 격차가 이미 지구인
들 사이에 존재하기 때문이다.

친구에게 가는 길

무심하거나 냉소적이지 않은 적 없는 신이 어쩐 일로 손가락 하나를 공들여 움직일 때가 있다. 친구와 내가 동서울고속버스터미널에서 만난 게 바로 그 순간이었다. 여행용 가방을 파는 가게에서, 우리는 커다란 트렁크에 동시에 손을 뻗었다. 친구나 나나, 상대를 그저 누군가와 닮은 얼굴이겠거니 여길 수 있을 만큼 늙지는 않았다. 13년, 아니 어쩌면 그보다 더 오래전에 본 얼굴이었다.

친구가 우연히 나를 만난 데 대해 기쁘게 여겼을지, 당혹스럽게 여겼을지는 모를 일이다. 어쨌거나 우리는 연락처를 주고받았고, 내 전화기 문자함에는 그의 주소가 찍혔다. 꼭 한

번 놀러 오라는 당부와 함께.

친구가 반려견 사업을 하며 살고 있다는 곳은 지리산 골짜기 한복판 시골 마을이었다. 내가 사는 송파구에서 차로 가면 네 시간이 채 걸리지 않았지만 기차나 버스로는 하루 안에 갈 수 없는 곳이었다.

옛 친구에게 가보기로 했다. 하지만 혼자서는 나설 엄두가 나지 않았으므로 다른 세 친구를 부르지 않을 수 없었다. 내게는 언제 어디서든 도움의 손길을 줄 수 있는 친구들이 많았다. 우선 차 주인으로서 싫든 좋든 함께 가지 않을 수 없는 S, 자신이 모르는 일은 알 필요가 없는 것으로 간주해버리는 결점이 있지만 실제로 꽤 아는 게 많은 은하, 그리고 미국 태생이지만 한국 어디든 모르는 곳이 없다고 자부하는 링컨이 그들이었다.

자, 직진이야. 성격 급한 링컨이 포문을 열었다. 도심을 통과하는 것보다 올림픽대로를 타고 가다가 강일 IC로 빠지는 게 나아. 강대국 출신 특유의 경쾌함과 자부심을 보이며 그가 단언하자, 자부심이라면 뒤지지 않는 은하가 발끈했다. 중부고속도로 곳곳이 공사 중인 거 모르나 보지? 두 친구가 주도권을 잡으려는 유치한 다툼을 시작했지만, S는 침묵했다. 자신의 차만큼이나 나이를 먹은 그녀는 일일이 나서지 않아도 세상사라는 게 다 저 돌아갈 대로 돌아간다는 듯 급격히 말수를 줄여가고 있었다. 나는 은하의 기분을 상하게 하기보다는 뒤끝 없는 링컨을 무시하는 게 낫겠다는 결론을 내렸다.

강아지를 기르는, 아마도 길러서 분양을 하는 친구. 사실 그에 대해 기억나는 게 많지 않았다. 학교 담장 벽을 향해 바람 빠진 공을 번갈아 차댔던, 컴컴한 PC방에서 함께 담배를 피웠던, 기름진 대창을 우물거리며 소주잔을 부딪쳤던……. 그 모든 기억들이 불확실하게 머릿속을 맴돌았다. 어느 날 부엌 찬장에서 뜬금없이 콘돔을 발견했을 때처럼 반가움과 당혹감이 동시에 들었다. 어쨌거나 그 느낌은 "꼭 한번 놀러 와."를 단순한 인사치레로 받지 않을 명분이 되었다.

교통체증이 엄청났다. 링컨은 모두가 자신의 말을 듣지 않아 생긴 일이라는 듯, 다시 한 번 중부고속도로를 언급했다. 로터리 돌면서 세 번째 길로 나가. 하지만 은하는 우유부단한 내게 쐐기를 박듯 또렷하게 외쳤다. 두 번째 출구. 여태 침묵을 지키던 S마저 직진, 이라고 말했으므로, 나는 소신은 없고 성질만 조금 있는 자의 전형을 그대로 밟아 한 바퀴를 더 돌았다. 모든 곳에 출구가 있었지만, 나를 위한 출구는 없는 듯했다. 세 친구가 시끄럽게 투덜거렸다. 두 번째 출구라니까! 세 번째 출구! 내가 한 바퀴를 더 돌고 세 번째로 로터리를 돌기 시작하자, 그들은 나를 위해 참을 수밖에 없다는 듯, 이제 합의할 수밖에 없다는 듯 동시에 말했다. 지금 나가! 나는 자유라는 걸 던져주면 어쩌나, 내심 걱정해온 노예처럼 그들의 말을 반겼다. 내 감각은 이미, 가족에게서조차 버림받은 치매 환자처럼 탄력을 잃었다. 불현듯 내가 지금 방문하려는 친구가 떠올랐다. 나는 그에게, 그는 나에게 구속된 적이 있었던가?

동서울고속버스터미널에서 새 가방을 사려는 이유를 빤히 보여준 친구의 가방은, 그러니까 새 가방에 뺄지 않은 다른 손으로 쥐고 있던 내 친구의 가방은 지나치게 낡아 있었다. 손잡이는 검은 손때와 테이프 자국이 선명했고, 모서리에 덧댄 가죽은 찢어지기 일보 직전이었다. 그날, 친구와 나 두 사람 모두 가방을 사지 않았다.

서울 시내를 빠져나오는 데만 한 시간이 넘게 걸렸다. 시내를 통과하는 데 시간을 낭비할 것이며 결국 경부고속도로를 타야 한다는 사실을 미리 알았더라면, 처음부터 링컨의 말을 따랐을 텐데……. 은하는 시치미를 떼고 새초롬하게 있었으나 자신의 실수를 깨닫고 괴로워하는 게 분명했다. 나는 그녀를 달래주기 위해 음악을 부탁했다. 은하는 언제든 내가 자신에게 의지하기를 바랐고, 그래주면 뿌듯해했다. 은하는 아델의 〈우리가 어렸을 때When we were young〉를 골랐다. 나는 "그대가 내가 이전에 알던 그 사람이기를 바란다Hoping you're someone I used to know"는 부분을 따라 불렀다. 나는 아델이 부르는 노래들을 좋아하지 않았지만 그녀의 목소리를 좋아했고, 가사를 내 마음대로 해석해서 갖다 붙이길 좋아했다. 그리고 그 순간, 친구의 목소리가 떠올랐다. 친구는 아델만큼이나 허스키한 목소리를 갖고 있었다. 넌 어쩔 건데? 언젠가 그는 분명, 그렇게 물었다.

차는 이제 우로도 좌로도 빠져나갈 일 없이 직진만 하면 되었다. 하지만 이 모퉁이와 저 모퉁이를 연결시키지 못하는 나를 배려해, S가 짬짬이 '계속 가'라는 말을 해주었다. S는 손자를 돌보는 것 외에 다른 낙이 없는 할머니가 손자에게 그러듯 내게 살뜰했다.

매연에 누렇게 뜬 나무들이 피로한 행렬을 끝내면, 끝이 동그랗게 굽은 소음방지 벽이 뒤를 이었다. 운전대를 잡은 지 세 시간이 지나고 있었다. 검은 연기에 치를 떠는 나무들, 아파트를 보호하고 있노라고 착각하는 벽들, 높은 아파트, 조금 더 높은 아파트, 다시 축 늘어진 덤불들, 더욱 기를 쓰는 벽들……. 서서히 해가 지고 있었다. 깡촌에 사는 내 친구도 지는 해를 보고 있을까? 학창 시절 그가 개를 좋아했는지, 생각나지 않았다.

10킬로미터 직진 후 함양 IC에서 빠져 12번 국도를 타야 해. 은하가 그렇게 말했는데도 링컨은 입을 열지 않았다. 나는, 링컨이 늘 한국에 대해 아는 체를 하지만 실상 그의 지식이라는 게 10년 전에 비해 나아진 게 없음을 모르지 않았다. 국도를 탔으니, 그것도 서울에서 한참 멀리 있는 경상도의 시골길에 들어섰으니, 링컨이 기죽을 만도 했다. S 역시 조용한 가운데, 은하만이 명랑했다. 그녀가 가진 모든 교양과 지식과 자비를 내게 마음껏 베풀 수 있어서, 무엇보다 S나 링컨을 제치고 그렇게 할 수 있어서 기쁜 듯했다. 나는 친구들이 은근히 서로를 질투하는 게 싫지 않았다.

은하의 지시에 충실히 따라 비포장도로로 들어섰다. 해가 빠른 속도로 지고 있었다. 농가인지 폐가인지 구분할 수 없는 집들이 드문드문 나타났다 사라졌다. 나는 비교적 넓은 도로 한쪽에 차를 세웠다. 집에서 출발해 친구의 집을 찾아

나선 이후 네 시간 가까이, 단 한 번도 휴게실에 들르지 않았던 것이다. 내가 차를 방패 삼아 급히 볼일을 보는 사이, S는 차 바닥을 응시했고, 은하는 차 천장을 바라보고 있었다. 링컨만이 미국인과 한국인의 차이에 약간의 관심이 있다는 듯 힐끗 나를 보았다. 이쪽이든 반대쪽이든 지나가는 차는 한 대도 없었다. 나는 갑자기 은하를 얼마나 신뢰할 수 있을지 의문스러웠다.

처음 예상대로라면, 도착했을 시간이었다. 운전대를 다시 잡자마자 내가 물었다. 얼마나 더 가야 하지? 갑자기 은하가 히스테리를 일으켰다. 얼마나 더 가야 하지? 얼마나 더 가야 하지? 그녀가 내 말을 반복해서 따라 하기 시작했다. 가끔 있는 일이었다. 그녀를 믿지 못하고 조급하게 물은 내 실수였다. 나는 은하가 발작을 일으킬 때 어찌해야 하는지 알고 있었다. 조용히 있는 게 상책이었다. 아무런 대꾸도 하지 않고 아무것도 묻지 않고 숨을 죽이고 있으면, 그녀는 곧 진정되곤 했다. 하지만 링컨이 은하를 조롱할 기회를 놓칠 리 없었다. 우회전 후 1킬로미터 직진, 다시 우회전. 뻐기는 듯한 그의 말투가 은하를 더 자극했음에 틀림없었다. 그녀는 거의 비명에 가까운 소리를 질렀다. 네 말을 알아들을 수 없어. 네 말을 알아들을 수 없어. 네 말을……. 은하의 소리가 거슬려서인지 S도 언성을 높이기 시작했다. 차를 돌려! U턴! 링컨이 가세했다. 오른쪽 유지해. 오른쪽! 하지만 유지해야 할 오른쪽 길이라는 게 애초에 없었다. 차를 돌릴 곳도 없었다. 우리가 있는 곳은 중앙선의 구분조차 모호한 돌길이었다. 그러나 세 친구는 멈추려 들지 않았다. 각기 다른 길을 알리는 그들의 목소리 때문에 나는 정신을 차릴 수 없었다. 심장이 마구 뛰었고, 숨을 제대로 쉴 수 없었다. 그만, 그만하라고! 나는 차를 돌려 돌아가고 싶었다. 창이 없는, 작고 어두운 내 방으로 돌아가고 싶었다. 하지만 길을 모르는 나는 좌로도 우로도 갈 수 없었다. 넌 어쩔 건데? 옛 친구의 허스키한 음성이 또 떠올랐다. 난 어쩌지?

분명 목적지 부근이었지만 아무것도 보이지 않았다. 허름한 가건물조차 없는 들판에서 세 친구는 끝까지 서로 다른 길을 제시하며 나를 몰아세웠다. 그들만을 믿었건만……. 어쩌면 신은, 예전에 잃어버린 시간이 앞으로 잃어버려야 할 시간과 한 치도 다르지 않음을 알려주기 위해 그저 손가락 장난을 쳤을 뿐인지도 몰랐다. 아니 어쩌면, 신의 손가락 따위는 예전에 부러져버렸을지도 몰랐다. 나는 사실 개들을 키운다는 옛 친구를 만나고 싶지 않았다.

시골에서는 더 선명하다고 들었던 별들이 그런 일은 기대도 말라는 듯 희붐하게, 폐암 환자의 마지막 기침 같은 빛을 뿜어내고 있었다. 의욕 없어 보이는 달마저 구름 뒤로 숨었다. 차는 이제 막다른 곳에 다다라 있었다.

나는 차량 장착 내비게이션 S의 지도 화면을 없애고 대신 FM 라디오를 틀었다. 지지직거리는 소음이 거슬렸지만, 또 내가 즐겨 듣는 아델의 노래는 아니었지만, 들어줄 만한 가요가 흘러나왔다. 앞 유리에 붙여놓은 휴대용 내비게이션 링컨의 전원도, 스마트폰 은하의 전원도 꺼버렸다. 한숨 자고 나면, 해가 뜨면, 익숙한 작은 내 방으로 돌아가면, 떠나지 않았던 것처럼 시치미를 떼면 그뿐일 터였다. 친구에게 가는 길 따위 없어도 그만이었다. 내게는, 곧 다시 충전되어 활기차게 나를 끌어줄 다른 친구들이 있었다. 나는 세 친구의 얼굴을 찬찬히 바라보다 아슴푸레 잠에 빠져들었다.

【 흐르는 말 】
우리는 사람 친구에게 가는 길을 때때로 막기도 하는, 사람 아닌 친구를 더 친근하게 여기는 시대에 살고 있다.

재회

나는 벤치에 구붓하게 앉아 있는 거구의 사내를 보고서 세 단계에 걸쳐 놀랐다. 우선은 어마어마한 덩치 때문이었고, 다음은 그가 내가 아는 사람이었기 때문이었다. 석이가 틀림없었다. 같은 대학, 같은 과 출신으로, 소식을 알 수 없게 된 지 8년 만이었다.

석아, 너 석이 맞지?

무심결에 다가서고서, 마지막으로 내가 또 놀란 이유는 그가 울고 있었기 때문이었다. 두툼한 손등으로 눈가를 훔치던 사내가 살에 묻힌 눈을 들어 나를 보았다.

준아!

석아! 이게 얼마 만이냐?

반갑다, 준아. 실은 너 만나려고 일부러 여기 온 거야. 이렇게 쉽게 만날 줄 몰랐네. 반갑다, 정말 반갑다.

석이가 나를 만나러 왔다니 고맙긴 했지만, 울고 있는 석이라면 부담스러웠다. 내 나이쯤 되고 보면 사연 있어 보이는 사람, 특히 이렇게 벌건 대낮에 눈물을 훔치고 있는 중년의 사내는 알아도 모르는 척 외면하고픈 법이다. 하지만 먼저 말을 건넨 건 나였고, 막상 마주하고 보니 반가운 마음이 더 컸다. 그가 코를 타고 내려온 눈물을 킁킁 삼키며 벤치에서 일어났다. 부러지지 않으려 안간힘을 썼을 벤치의 등받이가 그제야 살 길을 찾았다는 듯 편한 숨을 토해냈다.

석이는 몸이 조금 더 불긴 했지만, 예전에도 이미 거구였던 터라 크게 변한 것 같지 않았다.

근데 너, 왜 울고 있는 거냐?

석이가 두툼한 손가락으로 눈 아래를 닦으며 무안한 듯 웃었다.

오랜만에 미세 먼지가 걷혔잖아. 너무 감동적이네.

아닌 게 아니라 간만에 하늘이 파랬다. 과거의 일은 그냥 과거로 넘기자는 듯, 하늘은 뿌연 흔적을 감쪽같이 지웠다. 웃음이 터져 나왔다. 다른 사람이 말했다면 믿지 않았을 테지만 석이의 말이라 있는 그대로 받아들였다. 석이는 날씨가 좋아도 울 수 있는 녀석이었다.

그리고 또…….

다른 이유가 또 있어? 왜, 저기 나뭇가지가 네 엉덩이라도 때렸냐?

나도 슬슬 그의 놀음에 장단을 맞추기 시작했다. 석이라는 사실을 알아본 순간부터 나는 이미 20년 전 풋내기 대학생으로 돌아가 있었다.

그게 실은, 너무 배가 고파서…….

나는 또 큭, 하며 웃음을 터뜨리지 않을 수 없었다. 막 고기 10인분을 해치우고 나왔을 법한 부른 배를 하고서 그런 말을 할 수 있는 사람은 석이밖에 없었다. 그의 예전 별명이 생각났다. 기승전밥.

그렇게 해서 우리는 안부도 길게 나누지 않은 채 함께 식당으로 들어갔다. 나는 밥 생각이 없었고, 담배나 한 대 피울까 해서 회사 옆 공원을 지나치던 참이었지만, 그를 위해 기꺼이 밥 한 끼 같이 먹기로 했다. 내가 고기라도 구워 먹자고 했지만, 석이는 가까운 분식집으로 나를 끌었다. 너무 배가 고파 멀리 걸을 힘도 없거니와 내가 떡볶이 좋아하는 걸 잘 안다는 거였다.

작은 분식집은 그가 들어서자 대번에 더 좁아지고 말았다. 주인아주머니는 싫은 얼굴을 하면서도 4인용 식탁을 내주었다. 아주머니가, 석이가 4인분쯤은 너끈히 시킬 거라 기대했다면 그건 올바른 판단이었다. 석이는 진지한 얼굴로 메뉴판을 훑어보았다. 분식집에서 먹을 수 있는 거라야 뻔했지만, 석이는 주식 시세를 살피는 투자자처럼 신중했다. 나는 8년 전과 마찬가지로 그의 주머니 사정이 넉넉지 않으리라 생각했다.

우리 회사 근처니까 내가 사줄게. 이것저것 다 시켜.

내가 사야지, 무슨 소리야.

그나저나 내가 여기 있는 거 어떻게 알았어?

원래 알고 있었어. 이제야 왔을 뿐이지.

아무튼 반갑다. 정말 반가워.

나는 반갑다는 소리를 또 하며 카스텔라처럼 부드러운 기분으로 석이의 얼굴을 바라보았다. 대학 때 녀석의 커다란 팬티를 빌려 입었던 일, 소변줄 각도를 놓고 논쟁을 벌였던 일 등이 떠올랐다. 분명 막역한 사이였는데 왜 한동안 만나지 않았을까? 석이와 소원해진 이유가 기억나지 않았다.

오랜만에 만났음에도 석이는 예전 그대로의 석이로 보였

다. 언제나 남을 웃게 만들고, 두덩에 누운 소처럼 세상만사 심각할 게 없던 유쾌한 석이.

우선 너 좋아하는 떡볶이 시키고, 김밥, 만두, 순대, 김치찌 개, 제육덮밥도 시키자. 오늘은 내가 제대로 한턱 쏠 거야. 어 때?

나는 또 웃었다. 상상을 초월하는 양도 양이었지만, 그 모 든 게 음식 한 접시에 불과하다는 듯한 천연덕스러운 태도 때 문이었다.

그래, 먹자. 네가 사주는 떡볶이, 맛이나 보자.

너 너무 말랐다. 나처럼 다이어트라도 하는 거라면 아서라.

네가 다이어트 중이란 거야?

응. 의사가 살고 싶으면 곡기를 끊으라고 하지 뭐야. 그래 서 아까 점심을 안 먹을까 생각하던 중이었는데, 그랬더니 너 무 슬퍼지는 거야. 하늘은 맑지, 배는 고프지.

역시 또 웃지 않을 수 없었다. 보고만 있어도 웃음이 나오 는 내 친구 석이를 다시 만난 게 너무 기뻤다.

음식이 나오자, 석이는 사람이 되기를 포기한 채 동굴에서 막 뛰쳐나온 호랑이처럼 허겁지겁 젓가락을 들었다. 그 와중 에도 음식보다는 역시 내가 더 반갑다는 듯, 떡볶이나 만두 등을 집어 내 접시에 얹어주었다. 석이는 먹는 족족 감탄을 연발하다 갑자기 또 울었다.

왜, 왜 또 울어?

너 보니까 너무 좋아서…… 미안하다. 이런 거밖에 못 사
줘서.

두툼한 뺨을 타고 흐르는 눈물을 보지 않았다면 믿지 못했
겠지만, 석이는 진짜로 서럽게 울고 있었다. 예전에도 석이가
자주 울었던가……. 석이 덕분에 많이 웃었다는 기억만 생생
했다.

식당을 나서기까지, 석이는 머리가 멍해질 정도로 많은 말
을 했고 끝없이 나를 웃겼다. 그러면서도 자신은 자꾸 울었
다. 나는 회사에 다시 들어가봐야 했지만 어쩐지 그대로 헤어
지기가 싫었다. 석이도 나를 잡았다.

배도 부른데 같이 산책이나 하자.

회사는 어쩌라고?

나는 이미 마음을 정했지만, 나답게 뜸을 들였다. 석이가
큰 손으로 내 어깨를 툭 쳤다.

회사 같은 거 땡땡이 좀 치면 어떠냐? 날씨도 이렇게 좋은데.

근무 시간을 어겨본 일 없이 15년을 다닌 회사였다. 하지만
특별한 날이었다. 석이를 만났으니 좀 늦게 들어가도 괜찮을

것 같았다.

우리 좀 쉬었다 가자.

얼마 걷지 않았는데, 석이가 거친 숨을 몰아쉬며 잔디에 퍼질러 앉았다. 나도 같이 앉았다가 아예 큰대자로 드러누워버렸다. 당장 처리해야 할 회사 업무가 산더미였는데도 석이 옆에 있으니 이상하게 걱정스럽지 않았다. 엄병하게 일을 처리하는 법이 결코 없는 내가 평일 근무 시간에 회사 밖 잔디에 누워 있다니 꿈만 같았다. 기이한 것은, 그 시간에 아무도 내게 전화를 걸어 왜 자리를 비우는지에 대해 따지지 않는다는 점이었다. 이 대리, 윤 부장, 김 팀장 등이, 나를 찾아도 열 번은 찾았을 시점이었다. 어쩌면 다들 석이가 왔다는 걸 알고, 알아서들 양해를 했을지도 몰랐다. 직장이나 조직 등과는 애초에 생리가 맞지 않는, 어떤 일도 옭맺는 법 없는 자유분방한 석이가 나와 함께하고 있다는 걸 다들 알고 있으리라는 생각이 들었다.

그렇구나. 석이가 나를 찾아왔구나. 나는 목덜미, 손목 등을 간질이는 풀의 감촉을 만끽하며 하늘을 보았다. 숨결 같은 구름 몇 가닥이, 모처럼 새파란 배경에 누가 되어서는 안 된다는 듯 서둘러 흩어지고 있었다. 제대로 된 하늘을 본 게 얼마 만인지 가늠이 되지 않았다.

석이가 풍선 같은 엉덩이를 씰룩이며, 누워 있는 나를 보고 웃었다.

너 왜 자꾸 실없이 웃냐? 내가 그렇게 좋냐?

응, 그렇게 좋아. 준이 너를 봐서 정말 좋다.

석이가 복어처럼 볼록한 볼을 실룩이며 말했다.

준아, 내가 정말, 많이 미안하다.

뭐가 미안해?

좀 더 일찍 찾았어야 했어. 조금만 일찍 올걸. 조금만 더…….

석이는 또 울고 있었다.

몰랐는데, 너 헤픈 남자구나?

내가 놀려도 석이는 울음을 그치지 않았다. 주룩주룩, 주르르, 비처럼 눈물이 흘렀다. 석이의 덩치에 어울리게 양도 많은 눈물이었다.

담배 한 대 피울래?

좋지.

석이가 손수 담배에 불을 붙여 내게 건네주었다. 석이는 허엉, 울면서 담배를 한 모금 빨았고 후우, 큰 소리를 내며 연기를 내뿜었다.

준아, 너한테 정말 면목이 없다.

에이, 무슨 소리야, 자꾸.

너한테 빌린…….

나는 벌떡 일어나 앉으며 석이의 입을 손으로 막았다. 손이 그다지 깨끗하지는 않았지만, 그냥 그래보고 싶었다. 나는 일부러 화난 표정을 지었다.

다 잊었다니까. 네가 와줘서 너무 좋고, 그걸로 됐다.

이제 석이는 꺼이꺼이 목 놓아 울고 있었다. 나는 석이를 껴안았다. 내 짧은 팔로는 그의 거대한 등을 반도 안아줄 수 없었지만 괜찮았다. 살집 많은 몸이, 쿵쿵거리는 토끼 코만큼이나 빠르게 진동했다. 석이가 울먹이며 말했다.

네가 아프다는 얘기도 들었고, 입원해 있으면서 나 한번 보고 싶어 한다는 얘기도 들었는데, 차마 올 수가 없었다. 너무 보고 싶었는데, 그러지 못했어.

나는 더 듣고 싶지 않았지만, 석이는 멈추지 않았다.

정말 미안하다, 준아. 네 장례식만은 꼭 가려고 했는데, 장례식에라도 갔어야만 했는데…….

분위기가 너무룩하게 가라앉았다. 그제야 내가 죽었다는 사실이 기억났다. 하지만 상관없었다. 나는 흐느끼는 덩치 큰 남자의 어깨를 가만히 토닥여주었다.

【 흐르는 말 】

죽음을 상상하면 마음이 급해진다. 당장 버려야 할 물건들과 정리해
야 할 일들, 인사를 나눠야 할 지인들…… 죽은 후에도 조금만 살았
으면 좋겠다.

신입사원

5년간 해외 근무를 했던 황 부장은 오래간만의 본사 근무에 설렜다. 한국을 떠나기 전과 분위기가 많이 다르다고들 했다. '꼰대'처럼 굴면 안 된다는 게, 퇴사를 앞둔 선배 부장의 조언이었다. 황 부장은 자신 있었다. 명색이 런던 파견 근무 직원이었다. BBC 방송에서 오늘의 단어로 소개한 바 있는 'kkondae'의 뜻이 '자신만이 옳다고 믿는 사람'이라는 것 또한 모르지 않았다. 요즘 젊은이들의 라이프 스타일, 소위 달라진 기업 문화에 적응하기 어렵지 않으리라 여겼다.

첫 출근을 한 황 부장이 이미 안면이 있는 직원들과 인사를 나눴다. 그러고는 곧 신입사원 유의 자리로 갔다. 누군가가 신입사원을 데리고 와서 인사를 시키거나 신입사원이 제 발로 찾아오기 전에, 자신이 아랫사람에게 다가가는 소탈한 면모를 보이고 싶었다.

반갑습니다.

황 부장은 손아래 직원에게 하대를 하지 않기로 마음먹었다. 나이가 적거나 입사가 늦다는 이유만으로 반말을 찍찍 날렸던 회사 사람들 모두가 반면교사였다. 요즘은 존댓말 자체를 없애버린 회사도 있다고 들은 바 있었다. 그것까지 찬성할 수야 없겠지만 서로 높임말을 쓰는 건 나쁘지 않다고 생각했다.

처음 뵙겠습니다.

황은 유의 오른손을 힘차게 흔들었다. 20년 전의 사원들은 윗사람이 한 손을 내밀면 황송해서 두 손 모두를 내밀며 허리를 굽히곤 했다. 황 부장은 그렇게 쓸데없이 권위를 내세우던 시대가 지나가서 다행이라 생각했다.

애로사항이 있으면 언제든 찾아오세요.

부장이 신입사원의 어깨를 가볍게 두드렸다. 유는 네, 하고는 앉았다. 황 부장은 자신이 등을 돌리기도 전에 자리에 앉는 신입사원이 낯설었다. 하지만 낯설게 보지 말아야 한다고 생각했다. 외국에서는 헤이, 하며 아랫사람이 윗사람의 어깨를 툭툭 치기도 하지 않는가. 황 부장은 필요할 때 쓰려고 숨겨두었던 미소를 보자기처럼 쫙 펼쳐 얼굴에 씌웠다.

오전 근무가 거의 끝나가고 있었다.

점심 예약은 내가 할게요. 다 같이 식사하면서 얼음 좀 깨 봅시다.

황 부장이 오 주임이나 권 대리가 할 일을 자신이 한다는 사실에 자부심을 느끼며 말했다. 젊을수록 할 일이 많으니 나처럼 관리자급에서 그런 일을 하는 게 맞아. 그는 속으로 그렇게 말했는데 자기도 모르게 고개를 끄덕이고 있었다.

저는 따로 점심 약속이 있는데요.

신입사원이 비딱하게 등을 돌리며 누구에게랄 것도 없이 말했다. 황 부장은 살짝 당황했다. 하지만 그는 이미 펼친 미소 보자기를 오므리지 않았다.

아, 그렇군요. 그럼 저녁은 어떤가요? 요즘 젊은 사람들은 저녁 자리를 안 좋아한다고 해서 일부러 점심이나 할까 한 건데.

오늘 저녁은 곤란합니다. 회식 일정을 미리 알려주시면 비워놓도록 하겠습니다.

신입사원은 자세를 고치지 않고 말했다. 황 부장은 김 과장과 권 대리가 자신을 쳐다보고 있다고 느꼈다.

아, 그래요. 그래……, 알겠어요. 미리 정해서 알려줄게요.
일 보세요.

황 부장은 자리로 돌아왔다. 자신이 입사했던 첫날 회식 자리가 떠올랐다. 신입사원인 황은 주임, 대리, 과장 등 소위 윗분들 모두에게 술을 따랐고 '감사합니다'를 연발했으며 사소한 '말씀'에도 과장되게 고개를 끄덕였다. 술자리는 2차, 3차로 이어졌다. 마지막으로 간 노래방에서는 잘게 찢은 휴지를 꽃잎처럼 뿌려대며 탬버린과 한 몸이 되었다. 다음 날 손바닥에 퍼렇게 멍이 든 걸 발견했지만 그러려니 했다.

그런 시대는 이미 지나갔다. 그런 건 다 구세대 적폐야. 황 부장은 생각했다. 생각만 했는데 실제로 파리를 쫓듯 손을 흔들고 있었다. 점심을 같이하지 못해 얼마간 불편한 마음일 수 있을 신입사원에게, 자신이 권위적인 상사가 아니라는 사실을 알려야겠다는 생각이 들었다.

잠시 회의실로 오세요.

황 부장이 회사 내 인터넷망으로 신입사원을 불렀다. 금방 '읽음' 표시가 떴다. 젊은이들은 역시 이런 소통 채널에 적응이 빠르군. 황 부장은 생각하며 통유리로 둘러싸인 회의실로 향했다. 녹차 티백 하나를 컵에 넣고 우렸다. 혹시 몰라 커피도 한 잔 준비했다. 유가 들어섰다.

녹차 마시겠어요, 아니면 커피?

괜찮습니다.

황 부장은 의아했다. 괜찮다면 아무거나 마시겠다는 의미인가, 아니면 아무것도 마시지 않겠다는 의미인가. 하지만 꼬치꼬치 묻는 건 꼰대나 할 짓이다. 하릴없이 커피를 내밀었다. 유는 커피잔을 옆으로 살짝 밀어내더니 손을 깍지 긴 후 편안하게 등을 구부렸다. 황 부장은, 윗사람 앞에서 허리를 꼿꼿이 세운 채 테이블 아래로 다소곳이 손을 숨기곤 했던 시절을 떠올렸다. 그러지 않으려고 안간힘을 썼음에도 불구하고, 불시에 떠오른 기억이었다. 낡은 세계에서 군대 내무반 냄새 같은 게 흘러나오는 듯했다. 생각일 뿐인데도 자신도 모르게 코를 킁킁거렸다. 당당하니 얼마나 보기 좋아! 황 부장은 신입사원을 바라보며 냄새를 몰아내려고 애썼다.

첫 직장이지요? 혹시 어려움이 있나요?

없습니다.

아……. 사수가 권 대리지요? 혹시 과도하게 일을 시키지는 않나요?

황 부장은 모든 일을 신입인 자신에게 미뤄놓고 주야장천 담배를 피우러 나가거나 심지어 사우나를 가기도 했던 옛 동료들을 떠올렸다.

그렇지 않습니다.

그래요. 하긴 권 대리가 그럴 사람은 아니지. 그래도 혹시…….

신입사원은 대답하지 않았다. 황 부장은 자신이 두 번이나 '혹시'라고 말했다는 사실을 의식했다. 같은 말을 반복하면 안 되는데……. 꼰대처럼 보일 텐데……. 부장은 급격히 자신감이 떨어졌다. 만회하고 싶었다.

회사에 다른 불편한 점은 없나요?

네.

황 부장은 불편한 점이 있어서 네, 라고 하는지 없어서 네, 라고 하는지 알 수 없었다. 어쩌면 있으나 말하기 싫어서 네, 라고 한 게 아닐까? 혹은 사정을 일일이 설명하기 힘들어서 네, 라는 한마디로 축약시킨 건 아닐까? 황 부장은 이 풋풋한 신입사원에게 호의를 베풀고 싶었다. 자신의 예전 부장처럼 직원들끼리 알아서 하라는 태도로 방관하며 승진에만 몰두하지 않을 작정이었다.

어떤가요? 요즘 젊은 사람들 볼 때 우리 회사 시스템이?

만족합니다.

뭔가 불합리하다거나 바꿔야 한다고 느낀 점은 없나요?

없습니다.

황 부장은 신입사원의 말을 어떻게 받아들여야 할지 알 수 없었다. 유가 분명 만족합니다, 없습니다, 라고 말했음에도 정말 그렇다는 느낌이 들지 않았다. 어쩌면 '너무'라거나 '무척' 등의 수식어가 빠져서 그런지도 몰랐다.

허심탄회하게 말해보세요. 내가 그리 꽉 막힌 사람은 아닙니다.

황이 유와 똑같이 손깍지를 끼며 테이블로 몸을 기울였다. 신입사원이 갑자기 손목시계를 들여다보았다. 부장에게 자신이 시계를 들여다본다는 사실을 정확하게 알리려는 듯한 거침없는 동작이었다.

아, 점심 약속이 있다고 했나요?

네.

부장은 이상하게 초조한 마음이 되었다. 또 네, 라니…… 그저 '네'일 뿐이라니…… 신입사원이 몽롱한 눈을 한 채 하품을 했다. 황 부장은 당황했다. 하지만 그저 하품일 뿐이지 않은가! 황 부장은 실망감을 감추기 위해 황급히 녹차 잔을 들었다. 뜻하지 않게 또 옛날 일이 떠올랐다. 미리 얘기를 하든지! 결혼기념일이라 오래간만에 화장도 하고 옷도 갖춰 입었던 아내가, 새벽이 되어서야 귀가한 황에게 맥주 캔을 집어 던졌다. 자꾸 옛일이 떠오르면 안 되는데…… 신입사원이 손을 풀어 의자 팔걸이에 올리고는 이번에는 회의실 벽에 걸린 시계를 보았다. 황 부장의 시선도 벽으로 향했다. 열두 시가 조금 지나 있었다. 황은 유가 약속에 늦지 않도록 빨리 내보내야겠다는 생각을 했다. 하지만 생각과 달리 그의 입이 딴전을 피우고 있었다.

언제 시간이 되나요? 전체 회식이 부담스러우면 나랑 따로 얘기를 좀 나눕시다.

네?

이번의 "네?" 역시 이전의 "네."와 마찬가지로 여러 추측이 가능했다. 진짜로 저랑 얘기를 나누고 싶다는 말씀인가요? 왜 저랑 따로? 도대체 제게 왜 이러세요? 신입사원 유의 얼굴에 조소가 일렁이는 듯했다. 풋, 하고 비웃는 소리를 낸 것도 같았다. 황 부장이 인정하기 싫었으나 가장 합당한 "네?"에 대한 추측은 "왜 나를 붙잡고 못살게 구시죠?"였다. 황 부장은 그대로 물러설 수가 없었다. 내가 직원을 괴롭히는 못난 상사라니, 그럴 리 없어. 그럴 수는 없어. 황 부장은 속으로 부르짖었다. 뜻밖에 그의 머리가 좌우로 절레절레 흔들리고 있었다.

더 하실 말씀 없으면 이만 나가보겠습니다.

황 부장은 신입사원이 말하기 전에 먼저 나가보라고 하지 않은 자신이 원망스러웠다. 그가 기운 없이 고개를 끄덕였다.

신입사원이 의자 밀어내는 소리를 내며 회의실을 나갔다. 황 부장은 신입사원과의 면담에서 무언가가 잘못되었다는 사실을 인정해야만 했다. 하지만 그 '무언가'는 선명치 않았다. 황 부장은 회의실을 왔다 갔다 하며 생각에 잠겼다. 그렇다. 신입사원 유는 회사가 싫은 거다. 불만스러운 거다. 굉장히 시달리고 있고, 그래서 언제든 회사를 떠날 생각마저 하고 있는 거다. 그런데 무엇으로부터, 누구로부터 시달림 받고 있는 걸까? 그는 권 대리, 김 과장 등 신입사원을 괴롭힐 수 있는 위치에 있는 사람들을 떠올려보았다.

황 부장은 아랫사람의 고뇌를 외면하고 싶지 않았다. 무언가가 잘못되었다면 부서를 책임진 자신이 바로잡아야 한다고 생각했다. 그래, 내가 다 해결해야 해. 황 부장이 혼잣말을 하며 주먹을 불끈 쥐었다. 주먹만 쥐었나 싶었는데 어느새 위로 들어 흔들기까지 했다. 별안간 회의실 문이 열리더니 빨간 장갑을 낀 아줌마가 들어서며 말했다.

청소해야 하는데요.

황 부장의 시선이 벽에 걸린 시계를 지나 통유리 너머로 향했다. 놀랍게도 사무실은 텅 비어 있었다. 신입사원은 물론 김 과장과 권 대리마저 보이지 않았다. 황 부장이 하릴없이 회의실을 나서려는데 청소하는 아줌마가 눈에 들어왔다. 휴지통을 거칠게 비우는 품이 아무래도 업무에 불만이 많은 것 같았다. 자기도 모르게 입이 열렸다.

혹시 일하시는 데 어려움은 없습니까?

걸레로 휴지통을 닦아내고 있던 아줌마가 멀뚱히 부장을 쳐다보며 말했다.

네?

【 흐르는 말 】
세월은 누구에게나 공평하게 흐른다. '꼰대'가 되지 않으려 기를 쓰다가 더 심한 '꼰대'가 되면 어쩌지?

혁명

오랜만에 옛 친구들이 모였다. 몇 번 손을 맞잡고 나자 모두 벌써, 묽은 일상으로부터 꽤 멀어진 느낌이 들었다. 우리는 서로를, 연주하는 음색만 달라져도 백아의 기분을 알아차린 종자기 혹은 종자기가 죽자 거문고를 끊어버리고 시름에 잠긴 백아쯤으로 여기고 있었다. 우리는 안과 밖 어느 곳으로부터도 유린당하지 않기 위해 통유리창이 있는 술집으로 들어섰다.

오래간만이야, 그렇지?
너무 오래간만이지.

명과 혁과 나는 긴 수다가 필요 없는 막역지우 사이의 친밀 감을 즐기며 통유리창 바로 옆에 자리를 잡았다. 그리운 마음을 달래주기에 안성맞춤인 자리였다.

　명은 여전했다. 벙거지를 위로 약간 올려 쓰고 스님들이 입는 헐렁한 바지를 입은 그에게서, 지난날을 잊었거나 잊고 싶다는 기미는 엿볼 수 없었다. 하지만 세계를 오돌뼈 씹듯 씹어댔던 오만함이 얼마간 사라진 걸 알 수 있었다. 그 오만함이 있었기에, 예전의 명은 풀처럼 드러눕기 좋아하는 주변인들을 즐겨 다그칠 수 있었다. 그래, 세월이 있는데 똑같을 수야 없지. 나는 명이 모자를 고쳐 쓰는 순간 드러난, 황량한 벌판 같은 머리를 보지 않으려 애썼다.

　혁이, 주인이 직접 걸렀다는 세향 막걸리를 따랐다. 그의 목에 인간의 희로애락을 방망이로 두들기며 놀던 두드리의 형상이 새겨져 있었다. 지상에서 노래를 부르는가 하면 지하에서 코를 골고, 사람과 씨름하는가 하면 호랑이 꼬리를 타고 노는 두드리를, 혁은 예전부터 좋아했다. 그 두드리 문신이, 뜻밖에도 세월의 부침에 이의를 제기하지 않은 듯 순하게 흐려져 있었다. 어쩌면 내 눈이 흐려졌을 뿐인지도 몰랐다.

　우리는 석양이 거리에 남기는 것들을 바라보았다. 쓰레기로 가득 찬 양철 휴지통 위로 위태롭게 삐져나와 있는 나무젓가락, 토사물 주변에 몰려든 살기등등한 비둘기들, 그리고 먼지를 뽀얗게 이고 오가는 고단한 신발들, 그 신발들에 차이면서 맷집을 키우는 낙엽들……. 직장인들이 퇴근을 하고 술을 마시기에는 아직 이르나, 직장에 다니지 않는 우리와 같은 자들이 술판을 벌이기에는 마침맞은 시간이었다.

그리운가?

그립지 않은가?

명과 혁이 나를 바라보았다. 내가 그리운지 그립지 않은지 구별할 수 없는 상태가 되었다고 하면 다들 놀라겠지. 이것저것 자꾸 겹쳐 떠오르거나 어떤 때는 모든 게 흩어져서 단 하나도 제대로 볼 수 없다고 하면 어이없어하겠지. 나는 이름값을 못 한다는 게 뭔지를 증명하는 방식으로 살아가는 중이라고 말하지 않았다. 예전의 위엄을 조금이나마 찾으려는 일념으로, 아무 대답도 하지 않는 쪽을 택했다. 명과 혁이 딱히 내 대답을 기대한 것도 아니라는 듯 고개를 끄덕이자, 나는 조금 서운해졌다.

예전의 명은 두려움을 몰랐다. 통으로 뺏기고도 난감한 기색조차 내비치지 않았으며, 말로 주고 되로 받아도 되로 주고 말로 받을 때와 똑같이 허탈한 미소 한번 짓지 않았다. 명은 그의 헐렁한 옷만큼이나 통이 컸다. 그래서 쿠바에도 갔고 통일 직후의 동독에도 갔으며 북한에도 갔다. 길눈이 밝은 명은 서대문이나 삼청동에 있는 밀실에서도 길을 잃는 법이 없었다. 상황이 이끄는 대로 무람없이 떠났다가 돌아올 때면, 행여 품 넓은 옷의 비위를 상하게 할까 싶어 흔한 엽서 한 장 사오지 않았다. 명은 매번 앞의 것을 송두리째 지우고 별다른 것을 남기지 않는 방식으로 투쟁했다.

혁은 조금 달랐다. 제게 오고 간 것을 잊지 않으려고 애썼고, 그러므로 치밀하게 기록하거나 기념하는 데 신경을 썼다. 그가 살아온 흔적들이 문명을 이룬 강처럼 길게 구불거리며 온몸에 흘렀다. 그는 목표한 것을 얻었을 때는 몸 여기저기 구멍을 뚫어 더 얻은 게 없다는 사실을 유념하려 했다. 그의 귀에, 혀에, 또 코나 배꼽에 동그랗거나 뾰족한 것들이 꽂혔다. 실패로부터 배운 게 크다는 걸 아로새기고 싶을 때면 문신을 했다. 뱀들의 뼈를 뱉는 가루다*나 눈을 부릅뜬 카토블레파스**, 가시

---

* 가루다: 인도 신화에 나오는 상상의 큰 새. 뱀을 잡아먹으므로 사람을 뱀의 독으로부터 지켜주는 성스러운 새로 여겨지고 있다.
** 카토블레파스: 플리니우스의 『박물지』에 나오는 괴물. 살아 있는 것들은 그 눈을 보는 것만으로도 죽어버린다.

없는 장미나 비늘 없는 용 같은 게 몸 여기저기 성소를 만들었다. 반드시 한 번에 하나씩이었다.

우리 모두 젊어서 지루했던 적이 별로 없었다. '새로움'이 우리의 본질이었고 늘 본질에 충실했으니까. 명은 새로운 것을 알리고 새 이름을 붙이는 데 신명을 냈으며 혁은 낡은 것을 갈고 고치는 데 열을 올렸다. 우리는 구태의연한 것들의 고린 냄새와 추한 모양새를 본능적으로 싫어했다. 관음보살의 자비심을 발휘해도 더 이상 견딜 수 없을 때면, 가차 없이 그것들을 쓸어버리기도 했다. 가끔 후회가 남을 때면, 우리는 그 후회를 양자 삼고 끝까지 보살폈다.

약자를 돕는 건 우리의 자긍심을 높여주었다. 막다른 곳에 다다르거나 돌아볼 게 없어서가 아니라 살길이 열려 있음에도 불구하고, 남은 게 있음에도 불구하고 몸을 던지는 걸 자랑스러워했다. 우리는 순수했는데, 그 순수함을 죽는 날까지도 후회하지 않으리라 자신할 만큼 순수했다.

그랬으므로 우리는 늘 다른 이들을 이기거나, 앞서서 그들을 이끌었다. 어쩌면 우리는, 소위 사는 것처럼 살았다.

그런데 지금은?

명이 누구에게랄 것 없이 물었다. 그가 한번은 왼손으로 한 번은 오른손으로 한번은 두 손으로 잔을 쥐며 거푸 술을 마셨다. 예전의 그라면 입이 아니라 귀나 코, 눈으로 술을 들이켰을 것이다. 나는 명이 입은 옷이 시골에서 열리는 장터에만 가도 흔히 살 수 있는 것이라는 점을 눈치챘다. 가슴 전체가 동상 걸린 발가락처럼 아렸지만 내색하지 않았다.

뭐가 남았을까?

뒤늦게, 혁이 명의 질문에 화답하듯 물었다. 미세한 소리에도 민감하게 반응했던 그의 큰 귀가 정면으로 보였다. 귓바퀴를 둘러싸다시피 한 여덟 개의 고리 중 세 개가 빠져 있었고, 대이륜각을 관통한 구슬이 새까매져 있었다. 나는 그의 젖꼭지 부근에 달린 고리마저 빠져버렸는지, 은밀한 곳에 새긴 통 큰 젊은 날의 흔적마저 지워져버렸는지 묻지 못했다.

지음知音. 우리는 서로를 속이지는 않았지만 자신을 속이고 있었다. 우리가 예전에 살던 방식으로 살 수 없음을 이미 알고 있었으나 아무도 그 말을 입 밖으로 꺼내지 않았다.

우리가 의도해서 실패한 게 아니었다. 동물을 사랑하는 우리가 멧돼지 포획을 막으면, 멧돼지 때문에 염소를 잃은 농민이 울었다. 비누에 함유된 독극물을 고발하면, 그 비누를 판

매한 직원들이 일자리를 잃었다. 원칙 없는 칼에 대응하기 위해 원칙 잃은 칼이라도 써야 했을 때가 최악이었다. 우리는 마음에 상처를 입은 사람들을 위해 칼을 버려야 했다. 그사이 더 교묘해진 적들은 모습을 감춘 채 먼 곳으로 달아났다. 우리는 매번 허방을 짚었다. 적들을 찾아야 했지만, 방법을 알 수 없었다.

우리와 비슷한 연배인 주인 여자가 부드럽게 구운 육전을 내왔다. 여인은 많이 잃은 자들을 위해 싸웠던 우리를 기억한다고 말했다. 축 처졌던 어깨가 잠시 탄력을 찾았고 늘어진 가슴이 조금 세게 뛰었다. 그랬다. 명과 혁과 나는 울거나 굶거나 아플 수밖에 없는 자들을 위해 뛰거나 굴렀고 심지어 날기도 했다. 여자의 눈이 굵고 진한 속눈썹 아래서 수줍게 빛났다.

육전은 부드러웠다. 비싼 한우가 아닐 텐데도 입에서 살살 녹았다. 우리는 한때 미국산 소고기를 먹지 않으려고 입에 정조대를 채운 채 항거했던 일을 떠올렸다. 지금은 호주산이든 미국산이든 상관없는 시대가 되었다. 육전은 막걸리에 잘 어울렸다. 뱃속이 조금 따뜻해진 우리가 몸을 흔들자, 촘촘히 붙은 여자의 속눈썹이 캉캉 춤을 추듯 올라갔다 내려왔다.

우리는 여자가 우리를 알아봐주어 반가웠고, 뿌듯했다. 아직 잊지 않은 사람들이 있구나. 그랬지, 그랬었어. 명과 혁과 내가 거푸 고개를 끄덕였다. 아름다운 시절이었다.

옛 생각이 나자, 도미노 칩 쓰러지듯 담배로 생각이 옮아갔다. 모두 밖으로 나갔다. 겨우 막걸리 두 동이를 비웠을 뿐인데 어질어질했다. 내가 희끈거리자 두 사람이 실망감을 감추지 못하며 부축했다. 가게 앞에서는 담배를 피울 수 없었다. 감시카메라처럼 우리를 노려보는 금연 딱지를 피해 술집과 편의점 사이 좁은 골목으로 들어섰다. 찐득해 보이는 정체불명의 물이 바닥에 흐르고 있었고, 그 위로 꽁초들이 좌초된 난파선처럼 흐느적거리고 있었다.

분위기가 가라앉았다. 예전의 우리라면 '실내 금연' 따위를 가볍게 무시했을 것이다. 실내 금연이 아니라 그 무엇이라도 반민주니, 불평등이니, 독점 재벌이니 하는 단어에 얼추 비슷하게 들어맞았기 때문이었다. 우리의 적은 도처에 만연해 있었고, 허공에 아무렇게나 발길질을 해도 그중 하나는 대충 맞아 나가떨어지곤 했다. 하지만 지금은 상황이 달랐다. 실외에서라 해도 담배를 피우면, 부패한 정치권력이나 획일화된 관료제가 당황하는 게 아니었다. 연약한 아기, 억울한 여자와 남자, 기를 펴고 살 수 없는 노인들이 콜록콜록, 기침을 해댔다. 우리는 더 이상 예전처럼 호기롭게 행동할 수 없었다.

우리는 한 뼘도 안 되는 담배로부터 한 뼘도 안 되는 위안이나마 얻기 위해 기를 썼다. 뻑뻑거리며 들이마신 연기가 파랗게 질린 채 다시 흘러나왔다. 수호, 사수, 쟁취, 투쟁 등의 구호들이 푸르스름한 꼬리를 흔들며 어렴칙하게 멀어져갔다. 적들 역시 수리수리 시야를 흐리며 어딘가로 사라졌을 텐데……

골목 앞을 지나가던 젊은 여인이 무심결에 우리를 보고는 깜짝 놀라더니 도망가듯 뛰어갔다. 여인이 신은 뾰족한 구두 굽이 따각딱딱, 우리의 정수리를 때렸다. 이봐요. 우리는 당신에게 해를 끼치려는 게 아니오. 우리는 그렇게 말하고 싶었지만, 묵묵히 담배만 피웠다. 좁은 길에 들어선 젊은 남자가 우리를 힐끗 보더니 침을 뱉고는 전자담배를 피웠다. 흔적을 감춘 우리의 적들처럼 남자의 담배에선 아무런 연기도 나지 않았다.

우리는 적들이 눈에 띄지 않으나 사라진 건 아니라고 믿었다. 어쩌면 아주 작게 분해되어 세상 구석구석 퍼졌을지도 몰랐다. 적은 분명 존재했다. 하지만 우리는 늘 해왔던 대로 과감하게 우리 자신을 던질 수 없었다. 도대체 어디로 던진단 말인가?

술집 앞으로 오가는 사람들이 늘어나고 있었다. 나무젓가락이 삐죽 튀어나왔던 양철 휴지통에 컵라면 용기며 과자 봉지들이 더해져 있었고, 그 아래 흩뿌려진 토사물 위로 하얗고 검은 비둘기 똥들이 덧칠되어 있었다. 퇴근하는 직장인들이, 직장에서 덮어쓴 자괴감과 불쾌감을 씻어줄 술집을 찾아 헤매고 있었다. 해골처럼 살을 죄다 잃었으나 여전히 근면한 낙엽이 허둥지둥 그들의 뒤를 따라 구르고…….

영등할미가 벌써 심통을 내려는지 바람이 거셌다.

이럴 줄 몰랐어.

명이 춥다는 듯 오른손으로 왼팔을 쓸며 말했다. 뻔뻔하게 굴어도 된다고 마음을 놓은 듯한 깃기바람이 아무렇게나 그의 옷섶을 파고들고 있었다.

모르게 될 줄 몰랐단 말이지.

혁이 왼 손등에 그려진 발단데르스* 문신을 오른손 엄지로

---

* 발단데르스: 변화무쌍하게 변신하는 독일 신화 속 동물. The Soon-Another, 즉 곧 다른 것으로 변하는, 혹은 이미 다른 것이라는 뜻을 지니고 있다

때 밀듯 밀었다. 벌게진 괴물의 발톱이 악다구니를 쓰며 혁의 손등을 할퀴고 있었다.

우리는 추위에 떨며 통유리창 술집으로 다시 들어갔다. 절제해야 했으나 그러고 싶지 않아 막걸리 한 양동이를 더 시켰다. 술기운을 빌려 예전처럼 등을 곧추세우고 포효하고 싶었다. 그러나 당장은 천진하게 키득거리거나 흥얼거리는 수밖에 없었다.

나는 입가로 조금씩 새는 술을 닦아대며 아이처럼 웃는 명과 혁을 바라보았다. 그들의 얼굴이 자꾸 커졌다, 작아졌다 했다. 가까워졌다, 멀어지기도 했다. 이 정도 마셔서 취하지는 않을 텐데…… 아직 세 동이도 채 비우지 않았는데…….

주인 여자가 종이컵이 놓인 쟁반을 들고서 우리에게 다가왔다. 마음을 진정시키는 커피 향이 번졌다.

어르신들, 저…….

우리는 오래전에 도움을 준 일로 계속해서 생색을 내고 싶지는 않았다. 명이 한때 태평양처럼 드넓었던 가슴을 쭉 펴며 말했다.

해야 할 일을 했을 뿐이오.

혁이 예전 버릇 그대로 소매를 걷어 올리며 명을 도왔다.

할 만하니, 했다오.

우리는 쑥스러운 기분을 추스르기 위해 여자가 가져온 종이컵을 들었다. 그런데 웬 커피? 그제야 커피에 생각이 미친 명과 혁과 내가 여자를 똑바로 보았다. 여자가 약간 머뭇거리나 싶더니 입을 뗐다.

어르신들, 죄송스러운 말씀인데…….

우리는 술값을 치르고 밖으로 나왔다. 가뜩이나 장사가 안돼서 그러니 안쪽 자리로라도 옮겨주시면 안 되겠느냐는 여자의 부탁에 헛김 한번 뿜지 않은 채였다. 바람이 실성한 것처럼 아무렇게나 휘몰아쳤다. 혁이 코에 달린 고리를 떼낸 후 코를 풀었고 명이 헐렁한 옷소매로 콧물을 훔쳤다.

나는 올라오는 취기를 감당할 수 없었다. 어지러웠다. 쓰러지는 걸 의식하면서도 쓰러지는 걸 막지 못했다. 무언가를 짚었다고 생각했는데 양철 휴지통인 모양이었다. 채쟁쟁쟁, 언젠가 사물놀이를 하며 두들겼던 꽹과리 우는 소리가 났고, 이어 가까스로 휴지통을 벗어나 신명이 났을 나무젓가락이 내 입에 꽂혔다. 토사물 주위를 그악스럽게 배회하던 비둘기들이 날아올랐으며, 무심한 신발들이 나를 밟고 지나갔다. 내게 깔려 어쩌면 가루가 되어버렸을 낙엽이 애처롭게 신음했다.

명과 혁이 눈물을 글썽이며 나를 안아 올리다가 코를 싸쥐었다. 호연지기를 꿈꾸는 우리와 같은 자들에게서 나야 할 기품 있는 향 대신 역한 냄새가 났다. 명이 꼬깃꼬깃한 수건을 꺼내 내 엉덩이를 닦아주었고, 혁이 주차장 앞 돌기둥에 나를 앉혀주었다.

　순간, 적들이 환호성을 올렸다. 비웃고 까불고 손가락질하는 그들이 안개를 피워 올리며 우리를 에워쌌다. 나는 앉은 채로, 명은 세찬 바람에 모자가 날아갈까 봐 손으로 머리를 누른 채로, 혁은 튀어나올 기미를 보이지 않는 두드리를 다급하게 불러대며 주변을 둘러보았다. 도대체 어디 있는 거냐? 가까이 있으나 흐리마리해서 도무지 형체를 구분할 수 없는 적들에게, 우리가 소리쳤다. 마침 거리의 가로등이 하나둘 켜지면서 그들의 얼굴이 조금씩 보이기 시작했다.

　우리는 나온 숨을 도로 삼키고 싶었다. 할 수만 있다면 먼지처럼 사라지고도 싶었다. 사실 오래전부터 짐작했던 바와 크게 다르지 않았다. 하지만 그들이 비웃고 까불고 손가락질했다고 느낀 건 우리의 착각이었다. 그들은 무기력해 보였고 겁에 질린 표정이었다. 우리를 공격하려던 게 아니었다. 그들은 고린 냄새를 풍기고 추한 모양새를 한 우리가 섣불리 움직여 자신들에게 가까이 올까 봐 두려워하고 있었다. 우리의 적들은, 그렇게나 오랜 세월 우리가 몸 바쳐 헌신했던 대상들과 꼭 닮아 있었다.

눈물이 그렁그렁 맺힌 명과 혁이 천천히 내게서 돌아섰다.

약간의 자존심이 남은 내가 그들을 불렀다.

이보게들, 내가 누군지 잊었는가?

한때 지란지교를 꿈꾸었던 내 친구들이 돌아보지도 않고 손을 흔들었다. 잊지 않았지만 잊고 싶다는 손짓이었다. 나는 망연히 앉아 있었다. 내가 누구인지 나야말로 모르는 게 아닌가 의심이 갔다. 내 이름이…….

혹시 혁명이었던가?

【 흐르는 말 】
적으로부터 지켜냈던 자들이 어느 순간 적의 모습을 하고 있다면…….
혁명의 씁쓸한 뒤안길.

5.
얕은 던져짐

그저 우연일 뿐이겠는가?

지독한 냄새였고 견디기 힘든 추위였다. 또한 온몸이 진덧
물의 수액처럼 묽게 녹아내릴 듯한 더위였다. 하지만 우리는
그 거무튀튀하고 끈적거리는 늪 속에서 휘지도, 굽히지도 않
는 불요불굴不撓不屈의 의지로 20개월을 버텼다. 아무도 우리
가 살아남으리라는 생각을 할 수 없었다. 어찌하여 우리가 이
런 곳에 버려졌는지 누군가에게 물어볼 수도 없었다. 그 누군
가를 알지도 못하였거니와 우리에겐 심지어 말을 할 수 있는
입도 없었기 때문이다. 하지만 희망은 이룰 수 없으므로 가지
는 게 분명하다고 믿을 무렵, 희망이 보였다. 탄력이 강한 무
언가가 우리 모두를 삼켰고, 정신을 차렸을 때 우리는 놈의

장 속에 있었다. 우리는 양분을 쉽게 공급받을 수 있도록 몸에 붙은 섬모를 제거하고 새로운 피부를 만들었다. 누가 그렇게 하라고 시킨 것은 아니었다. 알 수 없는 힘이 우리 모두를 이끌고 있었다.

겨울잠에서 깬 후 오랜만에 포식을 한 달팽이는 과식의 후유증을 톡톡히 겪었다. 똥에 양분 외의 무언가가 더 있었던 게 틀림없었다. 내내 속이 더부룩하였고, 토할 것처럼 메슥거렸다. 이전보다 더 천천히 먹고 더 느리게 움직였지만 증세는 나아지지 않았다.

그곳은 원래 있던 곳보다는 확실히 나은 곳이었다. 어두웠기 때문에 더는 불안감을 느끼지 않아도 되었으며, 기분 좋을 만큼은 아니었지만 비교적 습하고 따뜻했다. 작은 행운에 너그러워진 우리는 형제나 우리 스스로를 해치며 퇴행하는 대신 수차례에 걸쳐 더 나은 모습으로 거듭났다. 미라키듐, 스포로시스트, 레디아, 세르카리아⋯⋯. 복잡한 이름들이 우리를 따라다녔다. 하지만 우리는 그 이름들이 모두 우리를 가리킨다고 확신할 수 없었다. 무엇보다 우리에게서 쏟아진 무수한 우리 자신들을 보며 혼돈에 빠졌기 때문이다. 우리는, 즉 나이기도 한 우리, 그리고 우리이기도 한 나는 누구인가? 이관규천以管窺天. 우리는 그저 대롱 구멍을 통해서만 하늘을 보고 있는 중인지도 몰랐다.

그러나 수가 많아졌다는 사실은 불편함을 주면서도 동시에 이상한 안도감을 주었다. 표면적으로 얻은 가장 큰 소득은 긴 꼬리였다. 그 누구도 꼬리의 쓰임새를 알지 못했지만, 우리는 일단 감사하기로 했다. 그리고 감사한 보람이 있게도 그 꼬리는 또 다른 모험을 감행하는 데 도움이 되었다. 우리는 도끼를 갈아 바늘을 만드는 마부작침磨斧作針의 끈기로 빈약한 꼬리를 휘둘렀다. 마침내 길이 뚫렸다. 우리는 곧 장에 딸린 샘을 지나 허파까지 이동했다. 형제 몇이 죽어나가는 길고 험난한 여정이었으나, 우리는 결국 해내고야 말았다. 희망이 희망으로만 남지 않았던 상황, 곧 바라던 바가 이루어졌던 상황을 이미 한 번 경험한 우리였기에 가능한 일이었다.

증세를 넉 달이나 겪은 후 달팽이는 마침내 심한 호흡 곤란을 느끼며 가래를 뱉어냈다. 자신을 괴롭히던 무언가가 간신히 떨어져나간 것 같았다. 기운이 빠진 달팽이는 한동안 움직이지 못 한 채, 죽은 듯 늘어져 있었다. 뱉어낸 가래에서 수많은 작은 것들이 꿈틀거리고 있었지만, 눈이 나쁜 달팽이는 그

것들을 제대로 볼 수 없었다. 달팽이는 그저 속이 편해져서 다행이라 여기며, 알고 싶지도 않은 세상 따위는 내버려둔 채 천천히 몸을 움직였다.

외부 공기는 시원했다. 태양이 하루 만에 죽는 생물과 백 년도 더 사는 생물 모두에게 공평한 빛을 나누어주고 있었다. 우리는 어김없이 뒤통수를 때릴 위험을 감지하면서도 잠시나마 긴장을 풀어버렸다. 세상은 안온해 보였다.

하지만 참을성 없는 삶에 끌려 우리는 곧 다시, 이전보다 더 좁고 어두운 곳으로 빨려들어갔다. 더 갑갑했고 더 견디기 힘든 냄새가 났다. 그러나 우리는 어쨌거나 가야 할 곳으로 가고 있다고 확신할 수 있었다. 우리를 이끄는 알 수 없는 힘에 대한 적절한 체념이 우리를 편안하게 만들었다.

개미는 자신도 모르게 끈적거리는 것을 후루룩 들이마셨다. 하얀 거품에서는 이제껏 경험하지 못한 감칠맛이 났다. 상부에 보고하는 것도 잊은 채, 개미는 생소한 행복감을 느꼈다. 오랜만에 몸 전체가 양분으로 가득 찬 듯했다. 달팽이를 통째로 먹고 둥지에도 가져갔더라면 더 좋았겠지만 어차피 혼자서는 할 수 없는 일일 터였다. 개미는 먹고 있는 거품이 달팽이 맛과 거의 유사하다는 사실에 만족하기로 했다. 멀리 있는 것보다 눈앞에 있는 것을 소중히 여기는 습성만으로도 세상은 충분히 살 만했다.

새로운 곳에서, 우리는 곧 다른 곳으로 가야 한다는 사실을 깨달았다. 개혁이나 진보에 대해 별반 알지 못했지만, 우리는 우리를 이끌어줄 대표자를 뽑는 것이 진보나 개혁 비슷하리라 여겼다. 낭중지추囊中之錐. 우리는 주머니 속 송곳처럼 저절로 드러난 그를 신뢰했다. 우리의 리더는 스스로를 믿었으므로 능히 우리의 우두머리가 될 만했다. 우리는 무사히 새로운 곳으로 옮겨온 것을 모두 그의 덕으로 돌리고 그에게 지휘권을 맡긴 후, 그간 피폐해진 건강을 돌보기 위해 적절한 공간들을 찾아 나섰다. 최소 2개월. 그 안에, 리더는 우리가 자리 잡은 새로운 몸뚱이를 어떻게든 조종해야 했다.

녀석을 길들이는 일은 쉽지 않았다. 리더는 자신의 생각을 녀석에게 전하고 녀석을 뜻대로 움직이기 위해 온 정신을 집중했다. 그것은 고대에서 지금까지 행해진 그 어떤 수양의 과정보다 험난했다. 녀석의 머리 가까이에 자리를 잡은 리더는 몸을 덜덜 떨며 녀석을 제어하기 위해 애를 썼다.

우리가 있는 곳은 열악했다. 먹을 것이 턱없이 부족했고,

공간도 너무 좁았다. 배가 고프니 의구심이 생겨났다. 우리는 왜 또다시 다른 어떤 곳으로 가야 하는가? 그곳으로 가면 과연 이 굶주림이 끝나고 이 갈증이 끝이 날까? 그리고 마침내 그 어떤 애면글면하는 조바심 없이 완벽하게 평화를 누리게 될까? 우리는 지쳐갔고 미쳐갔다.

보름달이 동그랗게 뜬 밤, 겁도 없이 개미 한 마리가 대열을 이탈했다. 개미는 몽유병에라도 걸린 듯, 비교적 가까이에 있는 싱싱하고 보드라운 풀 위로 기어올라갔다. 달과 가까이 갈수록 위험에 노출될 확률이 커지지만 개미는 이미 무아지경에 이른 듯하다. 단단한 집게턱이 풀을 꽉 물었다. 개미는 그대로 동상이 되어버린 듯, 동이 트기까지 꼼짝하지 않았다.

우리의 리더는 간신히 녀석을 움직여 제 무리로 돌려보냈다. 너무 오래 한낮의 태양 아래 있다가는 녀석만 타는 게 아니라 우리까지 녹아버릴 수 있었다. 또 대열에서 이탈한 게 발각되면 녀석은 사지가 찢기는 참형을 당할 수도 있었다. 몇 초의 시간 차이, 몇 밀리미터의 거리가 우리를 죽게 만들지 몰랐다. 다들 극도로 예민해졌다. 우리는 뜨거운 국에 데어 냉채까지 불어 먹는 징갱취제懲羹吹虀의 지경에 이르렀다. 조심, 또 조심하지 않을 수 없었다. 우리는 녀석이 완전히 미치기를 바라면서도 동시에 덜 미치기를 바라는 이상한 기도를 올리고 있었다.

밤이 되자 개미는 다시 한 번 대열을 이탈해 풀잎 위로 기어올랐다. 근처에 있던 다른 개미가 잠시 이상하게 여기는 듯했으나, 다행히 주시하지는 않았다. 별과 달과 바람이 속삭이는 시간들이 더디게 흘렀다. 개미는 어찌하여 자신이 온몸이 경직된 상태로 풀끝에 매달려 있는지 알지 못했다. 반복되는 일상이 그다지 기억에 남지 않는 것처럼 지금의 상황도 일어나는 내내 모호하기만 했다. 풀에 매달려 있는 게 과연 제가 맞는지, 제 단단한 입이 정말 풀을 물고 있기나 한지, 모든 게 아련했다.

잡은 범의 꼬리를 놓기는 어려운 법. 호미난방虎尾難放의 상황에서 우리는 성공을 위해 모험을 감행하기로 했다. 리더는 아침 해가 뜨고도 한참을 더 녀석을 장악했다. 녀석과 마찬가지로 아둔한 녀석의 진영에서는 대원 하나가 없어졌다는 사실을 아직 모르는 듯했다. 그들은 이탈한 녀석을 내버려둔 채, 여느 때처럼 대열을 갖추고 행군을 준비했다.

해는 점점 뜨거워졌다. 기대했던 게 큰 만큼 원망이 커진 우리 중 일부가 리더에게 반기를 들었다. 언제나 배신은 가장 가까운 곳에서 일어나게 마련이다. 멀지 않은 곳에 있던 한 형제가 리더에게 기어가기 시작했다. 그는 녀석을 조종해 잠깐의 뜨거움이나마 면하는 게 상책이라고 주장했다. 교각살우矯角殺牛. 배신자는 소의 뿔을 바로 잡으려다 소를 죽일 수도 있다고 경고했다. 리더의 계획이 우리 전부를 몰살시키고 말 거라며, 우리의 동조를 구하기도 했다. 잠시나마 녀석을 조종해서 뜨거운 열기를 피해야 하나? 하지만 그런다 해도 굶주림을 면할 수 있으려나? 우리는 어느 쪽을 지지해야 할지 알 수 없었다. 리더는 끝까지 위엄을 잃지 않았다. 나를 따르라. 우리는 그 말이, 그가 확신에 차서 던진 말이 아니라는 것을 알고 있었다. 리더는 그렇게 말함으로써 누구보다 스스로에게 확신을 주고 싶었을 것이다. 달리 누구를 믿겠는가?

리더와 리더에게 도전장을 던진 배신자가 맞붙었다. 우리는 맥없이 그들의 싸움을 지켜보았다. 그들은 사실 상대방과 싸운다기보다 우리 전체를 짓누르는 거대한 공포와 싸우고 있었다. 무슨 소용이 있겠는가? 우리는 벼랑 끝에 서 있었다. 죽은 후에야 그만둘 각오로 싸우는 사이후이死而後已의 결전. 이미 에너지를 최대치로 끌어올려 소모시킨 리더의 죽음이

임박해 보였다. 그런데 바로 그 순간, 우리는 갑자기 어둡고 거대한 통로로 빨려들어갔다.

신중하지 못한 젊은 양은 이른 아침부터 풀을 뜯어 먹는 우를 범했다. 그 풀에 꽉 달라붙어 있는 작은 개미는 보지도 못했다. 양은 제가 경솔하게 움직였다는 걸 알지 못한 채 초록향을 음미했다. 잠에서 깨지 않은 다른 양들이 오기 전에 보드랍고 맛있는 풀을 먼저 먹으려는 양의 입은 바빴다. 조기조포 충早起鳥捕蟲! 일찍 일어나는 새가 벌레를 잡는 법이다. 그러나 일찍 일어나는 새는 더 일찍 일어나는 사냥꾼의 표적이 될 수도 있다. 어쨌거나 양은 아직 그 사실을 알 필요가 없었다.

우리는 비로소 우리의 고향으로 돌아왔다는 느낌에 안도했다. 미끄럽고 아늑한 그곳은 우리 모두에게 친숙했다. 우리는 험난했던 지난날을 돌아보며 축배를 들었다. 배불리 음식을 먹고, 취하고 춤을 추었다. 이내 우리는 나뭇잎 모양으로 변한 몸을 음란하게 흔들어대며 우리 자신들과의 교미를 시작했다. 우리는 모두 자웅동체였다.

번식에서 오는 충만한 행복감이 곳곳에 퍼져갔다. 납작하게 눌려 죽거나 타 죽거나 굶어 죽을 뻔한 위기를 모면하고 살아남은 것을 기뻐하지 않을 수 없었다. 우리의 리더도 그와 겨뤘던 배신자도 모두 다시 우리가 되었다. 우리는 더는 우리의 뒤통수를 칠 삶에 대해 우려하지 않았다. 물론 우리는 여전히, 우리가 누구인지, 어디에서 와서 어디로 가는지 알지 못하는 데서 비롯된 모종의 우울함을 완전히 떨쳐낼 수는 없었다.

우리는 충만감과 결핍감을 동시에 해결하기 위해 무엇을 해야 하는지 알고 있었다. 다른 길은 없었다.

우리는 알을 낳아야 했다. 온몸이 뒤틀리는 순간, 우리는 여태 우리와 함께하지 않았으나 완전히 우리와 똑같이 생긴 어떤 이를 보았다. 눈이 마주친 그는, 설령 미소를 지을 입이나 입가의 근육이 없다 하더라도 분명 웃고 있었다. 우리의 시선을 외면하지 않고, 그가 물었다. 이 모든 것이 그저 우연일 뿐이겠는가? 누가 가르쳐주지 않았지만 우리는, 그가 '우리를 낳았고 동시에 우리가 낳은' 또 하나의 우리라는 사실을 알 수 있었다. 그랬다. 학명 파스키올라 헤파티카Fasciola hepatica. 우리의 이름은 간질肝蛭, 즉 간 디스토마였다. 나갈 준비를 마친 2만여 개의 알들이 우리의 몸에서 부글거리고 있었다. 우리가 겪었던 모든 것을 겪고 다시 우리가 있는 곳으로 돌아와 또 하나의 자신인 우리가 될 그 알들.

우리는 다시 정신을 집중했다. 다른 어떤 것보다 알들이 무사히 밖으로 빠져나가는 게 중요했다. 우리는 그 어떤 시간도 장소도 사건도 기억할 수 없었다. 우리가 가진 모든 힘을 다 쏟을 뿐이었다. 생이여! 알들은 우리의 배웅을 의식하지도 못하고 다급하게 우리로부터 떨어져나갔다. 우리는 눈물을 흘릴 눈도 없고 눈물샘도 없었지만 어쨌든 울었다. 이 모든 것이 그저 무의미한 우연일 뿐이라고는 결코 생각할 수 없었다.

【 흐르는 말 】
지독한 우울증에 빠져 유서를 써야겠다는 생각을 했다. 하지만 곧바로 유서 또한 무슨 의미이랴 싶었다. 쳇바퀴 도는 내 삶과 간질의 한 살이가 크게 다르지 않다는 사실이 가까스로 위안이 되었다.

개와 개

나는 개다. 나는 개답게 쇠줄에 묶여 있고, 쇠줄은 쇠줄답게 개집에 묶여 있다. 개집은 개집답게 작은 구멍을 갖고 있다. 나는 주인이 올 때마다 이 구멍으로 숨는다. 주인에게 친한 척을 하는 게 내게 유리하지 않다는 사실을 알기 때문이다. 그래도 주인이 오면 자동으로 움직이는 꼬리를 어쩌지 못한다. 나는 주인이 등을 보인 틈을 타 재빨리 구멍에서 나와 꼬리를 흔들고는 주인이 돌아보면 얼른 다시 들어간다. 내 안에 겹겹이 주름져 있는 세상은 이런 식으로 펼쳐진다. 나는 불만이 없다.

주인 역시 나와 다르지 않다. 피로와 먼지가 뒤엉킨 머리카락을 털고, 모욕감과 김칫국물이 더께 진 옷을 벗을 때도 그의 입에서 불평이 새어 나오는 법은 없다. 나는 주인의 굽은 등, 거친 손가락, 늘어진 피부 등이 그에게 썩 잘 어울린다고 생각한다. 주인의 세상 역시 새뜻함과는 상관없는 식으로 펼쳐진다. 그도 크게 불만이 없다고, 나는 믿는다.

그러나 내 건너편에 있는 녀석은 주인이나 나와는 다른 것 같다. 주인이 얼마 전에 데리고 온 이 검은 녀석은 집 뒤편으로 숨거나 구멍으로 들어가지 않는다. 목이 졸릴 텐데도, 아무렇게나 줄을 당긴다. 담금질에 이골이 난 쇠줄조차 녀석을 향해서는 고개를 가로젓는다. 주인이 나타나면 주인에게, 새들이 오면 새들에게, 덧셈도 뺄셈도 하지 않고 무작정 덤벼든다. 덤벼드는 걸로 성이 안 찰 때는 울거나 짖기도 한다.

나는 녀석이 무섭다. 물론 덩치로는 밀리지 않겠지만, 어쩐지 나와는 혈통이 달라 보여서다. 나는 윤기 나는 녀석의 털한 올이 혹은 촉촉한 코에서 뿜어져 나온 콧물 한 방울이 행여 내게로 올까 봐 두렵다. 특히, 나는 녀석의 고불고불한 가슴털이 가장 거슬린다. 그 속에는 '날 잡아 잡수' 하고 앞머리를 들이밀곤 한다는 나체의 신, 기회의 신 카이로스가 숨어 있을 것만 같은데, 나는 그런 신은 딱 질색이기 때문이다.

우리가 사는 곳은 옥상이다. 나는 우리 집 아래로 얼마나 많은 집이 있는지 알지 못한다. 그리 높지 않은 담에 앞발을 딛고 고개를 디밀어보아도 층을 가늠할 수 없다. 다만 내가 사는 곳 옆으로 고만고만한 다가구주택들이 빼곡히 들어차 있다는 것은 안다. 4층, 5층, 아마도 6층…….

나는 높이를 헤아려보다가 깜빡 잠이 들곤 한다. 잠들었다 깨고 잠시 새들을 바라보고, 또 잠들었다 깨는 내 일상은 평온하다. 내가 혀로도 핥아 먹을 수 없는 작은 음식 조각들을 탐내는 비둘기가 날아오고, 참새가 날아오고, 가끔은 까마귀도 흐르륵 스쳐 가는 일상.

나는 새들이 내 먹이통 주변을 어슬렁거리다가 숫제 통 안으로 들어가도 가만히 보고만 있다. 때로 내 물을 마시고 자기들끼리 물을 튀기며 소란스럽게 굴어도 꼼짝 않는다. 겁 없는 참새가 코앞에 오기도 하지만 그럴 때면 오히려 더 숨을 죽인다. 몸을 움직여봤자 무거운 줄 때문에 새들을 잡을 수 없다는 것을 알기도 하거니와 녀석들이 오지 않으면 오히려 서운하리라 생각하기 때문이다. 원칙 없이 흘러가는 구름이나 원칙 있는 척을 할 뿐인 하늘을 바라보는 것만으로는 하루가 잘 가지 않기에 더욱 그렇다. 나는 내 목에 걸린 쇠줄과 한 몸이라는 사실을 잊지 않는다. 망각하지 않는 한 나는 자유롭다.

하지만 건너편에 그 녀석이 온 후로 이 평화는 깨졌다. 한 번은 녀석 때문에 예민해진 회갈색 비둘기가 흰색 비둘기를 피가 나도록 쫀 일도 있었다. 나는 분홍 비둘기로 변한 하얀 비둘기가 비틀거리며 날아가는 것을 보며 울었다. 어이없게도 녀석이 나보다 더 비통하게 울었다.

나는 나 하나 감당하기에도 벅찬 주인이 왜 녀석을 데려왔는지 이해할 수 없다. 주인이야 낮에 집에 없고 밤에는 시체처럼 곯아떨어져 자니 알지 못하겠지만, 나는 사정이 다르다. 제자리를 맴돌다가, 부질없이 집을 긁어대다가, 또 담에 앞발을 올렸다 내렸다 하며 부산을 떠는 녀석을 종일 감당해야 한다. 나는 녀석이 못마땅하지만, 시비를 걸지는 않는다. 왜 그리 안절부절못하는지 묻지도 않는다. 어차피 우리가 소통할 방법은 많지 않은 데다, 녀석은 나를 숫제 없는 놈 취급하기 때문이다.

어쩌면 녀석은 연대기적이지 않은 시간, 그러니까 내가 질색하는 카이로스 따위에 관심을 두었는지도 모른다. 나는 그런 어리석은 시간에는 관심이 없다. 나는 구멍 하나 달랑 있는 집에서 쇠줄이 허락하는 2미터를 벗어나지 않아도 산과 들, 바다로 나가는 법을 안다. 눅눅해진 감자튀김, 살짝 쉬어버린 김밥, 생선 대가리 등 주인이 얻어 온 음식을 먹을 때만 해도 그렇다. 나는 감자튀김을 먹으며 술을 흘렸을 누군가와 신나는 음악을 듣고, 김밥을 먹었을 누군가와는 단풍 든 산의 개암 냄새를 맡는다. 생선 비늘이 혀에 붙어 조금 비위가 상할 때도 있지만 나는 곧 달고 푸른 바닷물에 뛰어들어 우울함을 떨쳐낸다. 주인이 어쩌다 소갈비 뼈를 얻어 올 때면 내 세상은 더욱 풍성해진다. 나는 소를 너무 사랑한 나머지 소가 되어버리기도 한다.

날이 덥다. 나는 내 집이 만드는 그늘을 따라 이리저리 이동한다. 옆으로 누웠다가 엎드렸다가, 고개를 이쪽으로 돌렸다가 저쪽으로 돌린다. 배가 가려울 때는 벌러덩 드러누워 햇볕을 쬐기도 한다. 입으로 배를 핥거나 물어서는 도움이 되지 않는다. 누가 가르쳐주지 않았어도 그쯤은 그냥 안다. 나는 뜨거운 해를 똑바로 바라보지 않으려 애쓰며 배를 말린다. 나는 끝내 지쳐 나가떨어질 일은, 결코 시도하지 않는다.

하지만 녀석은 지치지도 나가떨어지지도 않는다. 낡은 나무집에 걸려 있는 줄이 끼긱끼긱 음산한 소리를 낸다. 어떤 대결에서도 진 일이 없는 시간은 녀석이 안중에도 없지만, 녀석은 형체를 가늠할 수 없는 그 거대한 시간과 씨름하기를 그치지 않는다. 끼긱끼긱, 끼긱끼긱. 녀석이 온 지 며칠이나 됐을까? 이틀, 사흘? 아니 닷새?

보름쯤 되었나 보다. 녀석이 왔을 때 앙상했던 달이 제대로 살집을 갖춘 걸 보면. 녀석은 여전히 낑낑거리며 목에 걸린 쇠줄을 잡아당긴다. 노란 달의 얼굴이 창백하게 푸르러진 순간, 요지부동일 것 같던 쇠줄이 뽑힌다. 녀석이 줄을 철렁거리며 돌아다니기 시작한다. 나는 녀석이 나를 공격하기라도 할까 봐 얼른 내 집으로 숨는다. 녀석이 무슨 짓이라도 하면 가차 없이 물어버릴 생각이지만, 당장은 두려워서 고개를 내밀 수도 없다. 녀석이 내 집 한쪽 귀퉁이에 오줌 갈기는 소리가 들린다. 잔뜩 흥분한 녀석의 냄새⋯⋯. 놈은 곧 담을 따라 돌기 시작한다. 먹이를 찾는 걸까? 녀석은 점점 빨리 돌고 있다. 불안이 함께 달리다 너무 불안한 나머지 제 몸을 삼켜버릴 것만 같다. 어쩌지?

머리가 쪼개질 것 같다. 나는 작은 구멍 밖으로 조심스레 고개를 내민다. 그 순간 풀쩍, 녀석이 우아하게 담 위로 뛰어오르는 게 보인다. 과연 나와는 혈통이 다르다고 생각한 순간, 녀석이 못생긴 카이로스의 뽀글거리는 앞머리를 움켜쥔 게 보인다. 동시에 검은 몸이 가뭇없이 사라진다. 잉크병에 검은 잉크 한 방울 떨어졌을 뿐인 것처럼 감쪽같이. 희붐한 달은 아무것도 보지 못했다는 듯 볼을 부풀린 채 새침하게 돌아앉아 있다. 나는 집에서 뛰어나와 담장에 두 앞발을 올려본다. 하지만 담이 두꺼워, 저 아래는 아무것도 보이지 않는다. 녀석이 부수어놓았을 순차적인 시간의 흔적 역시 보이지 않는다.

나는 불현듯 주인이 걱정스럽다.

【 흐르는 말 】

크로노스가 연대기적으로 흐르는 연속한 '시간'이라면 카이로스는 지나가면 다시 오지 않는 '시각', 즉 기회를 가리킨다. 그리스 신화에서 카이로스의 풍모가 종종 뒷머리는 없고 풍성한 앞머리만 있으며 어깨와 발목에 날개가 있는 모습으로 묘사되는 까닭은. 모름지기 빨리 포착하지 않으면 날아가버리고 마는 기회의 속성 때문일 것이다. 그러나 기회는 석연찮은 모종의 대가를 요구하기도 한다.

모의

신라 제25대 진지왕은 576년, 병신년에 즉위했으나 정치 혼란과 황음荒淫 등의 이유로 재위 4년 만에 왕의 자리에서 쫓겨났다. 출가를 결행했을 만큼 불심이 깊었던 선대 법흥왕이나 진흥왕의 뜻을 좇지 않은 반불교적 처신에 대해, 화백회의가 내린 결정이었다. 『삼국사기』는 진지왕이 폐위된 그해, 즉 579년에 죽었다고 전한다.

하지만 그로부터 2년 후, 죽은 진지왕은 살아생전 그가 취하려 했으나 취하지 못한 여인 도화랑에게 나타났다. "살아 있을 때 지아비가 있다는 이유로 나를 밀어냈으나 이제 네 남편이 죽었으니, 더는 거절할 수 없으리라." 진지왕의 표정이

사뭇 진지했으므로, 여인은 그를 받아들이지 않을 수 없었다. 지상의 것이 아닌 향기와 기묘한 빛을 띤 오색구름이 7일간 그 집을 뒤덮었다. 이후 도화랑에게서 생긴 아이는 가시처럼 뾰족한 코를 가졌다 하여 비형鼻荊이라 이름 지어졌다.

귀신과 인간의 자식인 비형랑은 신묘한 능력을 발휘하여, 돗가비, 도까비 등으로도 불리는 두두리 무리의 우두머리가 되었다. 한때 인간과 더불어 살았던 두두리들은 불국정토 신라의 엄숙함이 마음에 들지 않았다. 그들은 사람들이 건널 수 없는 강을 건너고 넘을 수 없는 숲을 넘어 깊숙이 숨어버렸다. 익살맞고 쾌활한 그들은 무뚝뚝하고 경건한 인간들의 체취에 진저리를 쳤다. 인간들 역시 두두리들의 방종과 무질서를 참을 수 없기는 매한가지였다. 그들은 더 이상 함께 어울리지 않았다. 비형랑만이 두 세상을 자유롭게 오갔다.

진지왕의 뒤를 이은 이는, 진지왕의 형이지만 일찍 죽어버린 동륜태자의 아들이었는데 그가 곧 신라 제26대 진평왕이다. 어느 날 진평왕이 비형랑을 궁으로 불러들여 말했다.

내 집사가 되어라.

사람들은 의아하게 생각했다. 불교를 더욱 확산시키면서 율령을 정비하고 왕권을 강화해야 할 진평왕에게 삼촌 진지왕의 아들이라는 존재는 끌어안아야 할 대상이 아니라 제거해야 할 대상이었기 때문이다. 비형랑을 왕의 최측근 집사로 두는 것은 이해할 수 없는 행보였다.

좋다. 내가 곁에 있겠다.

15세 소년 비형랑이 왕의 제안을 받아들였다. 이 역시 이상한 일이 아닐 수 없었다. 자유롭기로 따지자면 아버지 진지왕 못지않은 비형랑 역시 갑갑한 궁에서 왕의 신하 노릇이나 할 위인은 아니었기 때문이다. 수상한 관계였다.

비형랑은 궁에서 일했지만 얽매이지 않으려는 본성을 좇아 수시로 궁을 떠나곤 했다. 진평왕은 비형랑을 나무라지 않았다. 대신 왕은 밤마다 궁의 담을 넘어 먼 곳으로 사라지는 비형랑에게 50명의 용사를 붙였다. 밤을 낮처럼 다룰 줄 아는 비형랑을 놓치지 않고 따라잡기란 쉽지 않았다. 군사들이 아무리 용의주도하게 뒤를 밟아도 어느 순간 비형랑은 검푸른 숲 사이로 자취를 감추곤 했다. 더 지혜롭고 더 발이 빠른 정예군이 모였다. 풀잎 흔들리는 소리와 비슷한 발걸음 소리를 낼 수 있는 몇몇 군사들만이 간신히 비형랑의 그림자를 잡았다.

달빛 흥건한 황천 언덕에서, 키가 장승만 하거나 땅딸하거

나 뿔이 하나이거나 다리가 하나인 두두리들이 질펀하게 잔치를 벌이고 있었다. 송곳니를 드러낸 두두리가 혀를 회오리바람처럼 돌려가며 소리를 읊는가 하면, 산발한 두두리가 몇 개인지 알 수 없는 팔다리를 놀리며 춤을 추었다. 두두리 무리와 권커니 잣거니 술을 마시던 비형랑이 돌연 군사들 숨은 방향으로 이놈, 소리치자 담력이 떨어진 군사 두엇이 놀라 달아나기도 했다. 무리는 낄낄, 껄껄 웃으며 놀다가 여러 절의 새벽종 소리를 듣고서야 아쉬운 듯 흩어졌다.

서라벌 장안에 비형랑과 두두리들에 관한 소문이 파다하게 퍼졌다. 사람들은 오래 잊고 지냈던 흥 많은 무리가 점점 궁금해졌다.

어느 날 진평왕이 비형랑에게 물었다.

신원사 북쪽 도랑에 다리를 놓을 수 있겠느냐?

왕은 비형랑으로 하여금 두두리 무리를 이끌어 다리를 놓으라 명하고 있었다. 비형랑이 고개를 끄덕이며 답했다.

귀교鬼橋라 불릴 것이다.

깡깡 돌 깨는 소리, 칭챙 쇠 두드리는 소리, 쓱싹 나무 베는 소리가 서라벌 곳곳에 울려 퍼졌다. 다리는 하룻밤 만에 완성되었다. 사람들은 두두리들의 솜씨와 재주에 탄복했다. 몇

몇 인간들이 두두리들에게 제사를 지내며 그들을 섬기기 시작했다. 두두리들을 흉내 내어, 왁자지껄 떠들고 흘를를 노래 부르며 으쓱 깨끼춤 추는 이들도 생겼다. 끊어졌던 인간의 세계와 두두리의 세계가 다시 이어지는 듯했다.

왕이 또 비형랑에게 요구했다.

정사를 돌보아줄 두두리가 필요하다.

비형은 길달이라는 자를 추천했다. 길달은 두두리들이 구상한 온갖 것들에 대해 얘기했다. 인간계와 신계를 잇는 신목 모양의 금관, 땅을 품는 물, 즉 세 개의 섬이 있는 거대한 연못, 흐르는 술잔을 따라 시를 읊는 연회, 해·달·별을 관측하고 길흉을 점치는 탑, 적을 물리치고 병을 낫게 하는 피리 등 끝이 없었다. 사람들은 길달과 다른 두두리 무리에게 경외심을 품었다.

그러나 아직 충분치 않다. 흥륜사 남쪽에 누문을 세우고 길달로 하여금 지키게 하라.

왕이 말하자 비형랑이 이전과 달리 다소 주저하며 물었다.

그렇게까지 해야 합니까?

왕은 단호했다.

반드시 그리해야 한다.

사람들은 다리를 만들어 두 세계를 소통시켰던 왕이 갑자기 문을 만들어 단절을 도모하는 이유를 알지 못했다. 밤마다 문을 지키라는 명을 받은 길달은 강하게 반발했다. 그는 수시로 문을 버려두고 숲으로 달아나 두두리 친구들과 어울렸다.

길달을 제거하라.

길달을 죽이겠다.

어느 날 왕이 다시 명했고, 비형랑이 이에 응했다. 비형은 여우로 둔갑해 달아나는 길달을 잡아 죽였다. 사람들은 어이없어했다. 왕의 명령이라고는 하나 친구이자 부하인 길달을 죽인 비형랑의 처사를 납득하기 어려웠다. 사람들은 가끔 악한 귀신을 쫓기 위해 비형의 그림이나 시를 이용하긴 했어도 더는 그를 옹호하지 않았다. 그들은 왕과 비형에게 희생당한 길달과 두두리 무리를 동정했다.

돌연 비형랑이 사라졌다. 소문 무성한 비형랑의 자취는 희붐한 달의 얼룩으로만 남았다. 동박새 둥지에 제 알을 심어놓은 음흉한 자규나 밤이 되기만을 간절히 기다린 소쩍새만이 그의 행방을 알지 몰랐다.

20여 년이 흐른 어느 날, 진평왕은 자신이 이룩한 많은 것들을 돌아보았다. 그는 신라가 불국토임을 입증하기 위해 가족들의 이름을 모두 석가모니 집안으로부터 따왔다. 기실 그의 이름 백정은 석가모니 아버지의 이름과 같았고, 아내의 이름 또한 마야였다. 진평왕은 철저하고 신중한 사람이었다. 즉위 원년에 이미 천사로부터 옥대를 하사받았다는 신화를 유포시키고, 제석궁의 섬돌을 밟아 부서뜨림으로써 왕으로서의 권위를 공고히 하기도 했다. 하지만 그가 이룬 최고의 업적은 뭐니 뭐니 해도 비형과 두두리들에 관한 것이었다.

왕은 자신의 사촌이자 사위인 용춘에게 술 한 잔을 따라준 후 물었다.

생각을 말해보라. 내가 법흥왕을 능가했는가?

내성사신으로서 왕에 버금가는 실권을 지닌 용춘이 자신의 사촌이자 장인인 왕에게 미소를 보내며 답했다.

이차돈의 순교가 없었다면 법흥왕은 결코 석가의 뜻을 뿌리내리게 하지 못했을 겁니다. 왕께서 비형과 모의하였기에 두두리들이 사라지는 걸 막았고, 영원히 같이할 수 있게 되었습니다.

사람들과 두두리들의 관계는 어떠한가?

더욱 돈독해졌습니다. 밥을 할 때도 나무를 할 때도 심지어

용변을 보러 갈 때도, 사람들은 두두리를 떠올립니다. 이 땅에 석가의 율법이 스며든 것과 마찬가지로 두두리들 또한 사람들의 삶에 올차게 자리 잡았습니다. 언제든 사라질 수 있었던 유약한 관심이 비형의 배신으로, 길달의 희생으로 인해 크게 자랐습니다.

왕이 웃으며 말했다.

하지만 비형은 두두리를 배신한 일이 없고, 아무도 희생되지 않았다.

제가 살아 있고 길달 역시 죽지 않았으니 당연한 말씀입니다. 여우 한 마리가 죽었을 뿐이죠.

20여 년 전, 비형이라는 이름을 썼던 진지왕의 아들 용춘이 왕에게 은근한 미소를 보냈다. 딸만 셋*인 왕이 용춘을 부러운 듯 바라보며 말했다.

자네 아들 춘추의 인물됨이 예사롭지 않다더군.

덕 있는 딸을 제게 주신 덕분입니다. 외손이긴 해도 춘추는 왕의 핏줄입니다. 물론 제 핏줄이기도 합니다만.

사이좋은 장인과 사위, 동시에 사촌 간인 두 사람의 술잔에

---

* 첫째 딸 덕만은 진평왕에 이어 왕위를 계승한 선덕여왕, 둘째 딸은 천명 부인, 곧 용춘의 아내다. 셋째 딸이 〈서동요〉로 잘 알려진 선화공주다.

초승달이 하나씩 떴다. 웃는 두 달이 두두리의 눈썹처럼 짓궂게 씰룩거렸다.

【 흐르는 말 】

돗가비, 도까비, 돗재비, 도채비, 토깨비, 또깨비, 두드리, 두두리 등으로 다양하게 불렸다는 도깨비가 이 땅에서 사라지지 않기를 바란다. 두두리가 인간과 다른 이형의 괴물이 아니라 인간과 자연스레 어울리고 심지어 인간에 내재된 존재라면 어떨까.

개와 사람

한 마리 개가 있다. 매일 그 개를 보는 한 사람이 있다.

옥상에 있는 개는 판자를 이어 붙인 개집에 매여 있다. 네모난 물그릇과 찌그러진 양철 밥그릇, 그리고 빛바랜 고무 대야 등이 가난한 풍경에 획을 더한다. 송홧가루 날리기에 골몰한 소나무들과 화려한 야경에 질린 서울타워가 개를 내려다보고 있다. 개는 오래전에 소나무와 서울타워 올려다보기를 그만두었다. 그들이 개의 목줄이 왜 2미터에 불과한지에 대해 대답해주지 않았기 때문이다.

개를 찾는 이는 주인 할아버지와 새들이 전부다. 할아버지는 하루 한 번 나타나 개에게 음식을 주고 개가 싼 똥을 치운다. 할아버지가 오면, 개는 눈치 빠르게 개집으로 숨는다. 똥을 치우던 빗자루와 쓰레받기가 갑자기 개를 치우려 들 수도 있기 때문이다. 하지만 개집에 숨은 개는 꼬리를 내리고서도 계속 꼬리를 흔든다. 할아버지가 무섭지만 어쩔 수 없이 주인이고, 또 그가 가지고 온 음식이 반갑기 때문이다. 음식은 적을 때도 많을 때도 있고, 먹음직스러울 때도 먹음직스럽지 못할 때도 있다. 개는 그런 것은 상관하지 않는다. 냄새가 이상할 때만 잠시 갈등할 뿐이다. 상한 음식을 먹고 나면 개는 개고생을 한다. 설사를 죽죽 해서가 아니라 똥이 묽어 할아버지에게 혼이 나기 때문이다. 그러나 그런 갈등마저 오래 하지는 않는다. 할아버지가 계단을 내려가기 위해 등을 돌리는 즉시, 개집에서 나와 음식을 먹는다. 할아버지가 갑자기 고개를 돌려 개를 보는 일은 없다. 할아버지는 예의가 바르다.

비둘기는 훨씬 예의가 바르다. 개가 음식을 먹으며, 인류가 가축을 기르고 농사를 지었던 유구한 역사에 대해 조금쯤 경외감을 품는 동안, 얌전히 기다릴 줄 알기 때문이다. 사실 비둘기에게 개의 식사 시간 1분은 전혀 길지 않다. 다음 날 비슷한 시각이 되기까지, 아마도 1,439분쯤 되는 나머지 시간이 모두 비둘기의 식사 시간이기 때문이다. 비둘기는 개가 곧 후

회하리라는 것을 안다. 인내의 시간을 갖지 않은 탓에 개는, 인류가 돌을 갈고 마침내 그릇도 만들어냈던 시간만큼이나 긴 시간과 사투를 벌여야 한다. 비둘기는 어쩔 수 없다고 생각한다. 개가 작은 부리도 갖지 못하고 그 덩치로 태어난 데다 날개마저 없는 게 제 탓은 아니기 때문이다. 비둘기는 개집 주변에 남아 있는, 너무 선명히 보여 도저히 그냥 지나칠 수 없는 알갱이들을 쪼기 시작한다. 비둘기는 자신이 개의 코를 자극했고, 혀마저 자극했다는 사실을 알지만 두려워하지 않는다. 개를 믿지는 않지만 개의 목에 감긴 줄을 믿기 때문이다. 또한 궁극적으로 개가 싸워야 할 대상은 자신이 아니라 시간이라는 것을 알고 있기 때문이다.

그렇다. 개는 종일 시간과 사투를 벌인다. 그런데 사실 이 싸움은 일방적으로 시간에게 유리하다. 시간의 무기는 철갑을 두른 영원이고, 개의 무기는 넝마를 뀈 잠이기 때문이다. 개는 이길 수 없다는 사실을 알지만 달리 방법이 없으므로 너절한 시도들을 해본다. 눈을 감고 자기, 눈을 뜨고 자기, 선 채 자기, 엎드려 자기, 입맛을 다시며 자기…….

매일 그 개를 보는 이웃집의 한 사람도 그렇게 잠과 싸운다. 자기 위해, 땀투성이가, 때로는 피투성이가 된다.

개는 개집으로 들어간다. 판자 사이로 길게 또 가늘게 들어오는 빛의 각도에 습도와 온도 곱한 것을 더하고 다시 바람의 양으로 나누어 시간을 추정한다. 한여름이고, 정오가 되려면 아직 멀었다. 적당한 포만감을 갖지 못한 개는 잠을 이룰 수가 없다. 개는 곧 집 밖으로 나와 바닥에 엎드린다. 아까 제 똥이 굴러다니던 자리지만 개의치 않는다. 삐져나온 개집의 그림자가 광분한 해를 조금은 가려주리라 생각한다. 하지만 그 그림자만으로는 몸의 반도 가리지 못한다. 개는 다시 집 뒤로 간다. 2미터 줄이 요술 고무줄처럼 늘어나기를 헛되이 바란다. 옥상의 담 그림자는 개가 가까이 오자 기겁을 하며 물러선다. 잠은 더 멀리 물러선 듯하다. 개는 다시 개집 앞으로 간다. 계산 같은 걸 하면 졸음이 쏟아질지도 모른다. 개는 제 몸길이와 목줄 길이의 비율이, 네모난 물그릇 둘레와 둥그런 밥그릇 둘레의 비율과 같다는 사실을 발견한다. 물론 개는 우그러진 양철 밥그릇이 아니라 동글동글 번듯한 밥그릇의 이데아를 떠올렸다. 어쨌거나 이마저도 지나치게 쉬운 계산이어서, 여전히 잠들기는 어렵다. 개는 혀를 늘어뜨린 채 비둘기가 오기를 기다린다. 기다리다 보면 잠이 오리라 생각하지만, 잠은 얄미운 뽑기 인형처럼 좀체 갈고리에 걸려들지 않는다.

마침내 비둘기가 온다. 비둘기는 오만한 태도로 개의 물그릇에서 물을 마신다. 양철 그릇에 겁 없이 들어가서 보이지도 않는 무언가를 쪼기도 한다. 개는 비둘기를 보지만 쉽사리 덤벼들지 않는다. 비둘기는 거추장스러운 겁을 숫제 옥상 밖으로 던져버리고 이제 개의 코끝까지 다가간다. 그래도 개는 움직이지 않는다. 심심해진 비둘기가 그만 날아가려 들면, 개는 그제야 무거운 줄을 끌며 비둘기를 위협하는 시늉을 한다. '시늉'임에 분명한 것은, 개가 비둘기를 향해 뛰는 게 아니라 제집 벽을 한번 쿵 치고 말기 때문이다. 개는 그 정도의 노력도 하지 않아 비둘기를 실망시키거나 무료하게 만들어서는 안 된다고 생각한다. 개가 한번 움직이고 나면 비둘기는 만족한 듯 고무 대야 가두리에 내려앉는다. 고무 대야에는 빗물이 고여 있다. 개도 비둘기도 그 대야가 왜 거기에 있는지 알지 못한다. 대야에 담긴 물은 이글거리는 태양을 향해 아우성을 치며 달려간다. 개는 비둘기가 오른쪽으로 한두 걸음, 다시 왼쪽으로 한두 걸음 옮긴 다음, 잠시 날아올랐다가 다시 대야에 내려앉는 모습을 본다. 대야는 어쩌면 심심한 비둘기를 위해 마련된 것일지도 모른다. 개는 규칙적으로 움직이는 비둘기의 동작을 좇다가 깜빡 선잠에 빠져들기도 한다. 하지만 얇은 잠은 곧 비둘기보다 가볍게 날아가버린다. 개는 다시 개집으로 들어갔다가 나오고, 개집 뒤로 갔다가 앞으로 온다. 하릴없이 비둘기를 기다린다. 이제 겨우 정오가 지났을 뿐이다.

오후에도 오전과 비슷하게 용을 쓴 개는 해 질 무렵 가까스로 잠깐의 승리를 거둔다. 그림자가 길어졌기 때문이기도 하고, 조금 서늘해졌기 때문이기도 하다. 비로소 시간에게 반격을 가한 개는 잠시 꿀 같은 잠에 빠진다. 끈적끈적하지만 달콤한 잠.

하지만 오랜 세월 누구에게도 져본 일 없는 시간은 제 자식을 잡아먹는 사투르누스처럼 난폭하다. 게다가 오늘은 비까지 시간의 편이다. 기분 나쁜 냄새를 풍기며 털을 적시는 비 때문에 개는 집 안으로 들어가지 않을 수 없다. 그러나 개집은 어둡고, 바깥보다 더 역한 냄새를 풍긴다. 개는 얼마 전 자신이 그곳에서 토했다는 사실을 떠올린다. 토한 것을 도로 먹기는 했지만, 잔여물의 냄새는 가시지 않았다. 개의 털 냄새와 그 털에 함께 사는 벼룩들의 냄새까지 더해진다. 개는 참지 못하고 도로 나온다. 비가 점점 많이 온다. 빗방울은 빽빽한 털 사이를 용케 비집고 들어가 피부를 간질인다. 개가 크게 한번 몸을 턴다. 밖으로 뿜어져 나간 물과 속으로 스며든 물 사이에서 개는 길을 잃는다.

어느 날 그 개를 매일 보던 한 사람이, 제가 사는 옥탑에서 개가 사는 옥상으로 뛰어내린다.

그다지 어려운 일은 아니다. 건물 사이 거리가 개의 목줄보다 짧기 때문이다. 개는 사람을 향해 짖지 않는다. 오로지 달을 향해 짖을 뿐이다. 개는 동그랗게 차오르느라 식은땀을 흘리는 달을 향해 여느 때처럼 워웡, 길게 운다. 사람이 변심한 그림자처럼 절실하게 개에게 다가간다. 개는 그 사람이 시간과 싸우는 자신의 편이라는 것을 알고 있다. 그가 공업용 절단기로 개의 목줄을 끊는다. 개에게 늘 이기기만 했던 시간이 깜짝 놀라며 제 무기를 떨어뜨린다. 바닥에 떨어진 시간의 무기 '영원'은 경박하게도 찰그랑, 소리를 내며 깨진다.

한 마리 개와 매일 그 개를 보던 한 사람이 가뭇없이 사라진다. 그들의 소식이 패배한 시간을 위로할 가능성은 희박하다.

【 흐르는 말 】
자연에 나를 투사하는 일이 잦아졌다. 언젠가 지렁이나 산호, 벼룩이 될지도 모르겠다. 마침내 흙이 되는 날도 오겠지…….

이유 있는 길

　마침내 경수는 소라 탑을 중심으로 방어진을 친 경찰차들 앞에서 오토바이를 멈출 수 있었다. 경찰들을 보고 이렇게 안도감을 느끼기는 처음이었다. 최소한 무방비로 혼자 깔려 죽지는 않겠지 싶어 앞뒤 없이 브레이크를 잡았다.

　시간적 여유가 없어서인지 진압용으로 쓰는 살수차나 벽차 대신 여러 대의 경찰차가 청계광장을 에워싸고 있었다. 오토바이는 실수로 자살하는 이의 비명처럼 절박한 바퀴 소리를 냈고, 경수는 왼쪽으로 가볍게 튕겨 나갔다. 난반사하는 경광등의 불빛과 사이렌, 경찰들의 확성기 소음이 일대를 아수라장으로 만들어놓았다. 경수의 오토바이 뒤로 바짝 따라

왔던 그것은 이제 거대한 회오리사탕처럼 둘둘 말린 채 정지해 있었다. 다행히, 정지한 것이다.

경찰들은 인재라고도 자연재해라고도 규정할 수 없는 이상한 사건 앞에 잔뜩 긴장한 모습이었다. 그중 두 명이 총을 겨누며 경수에게 다가와 수갑을 채웠다. 주변으로 몰려든 사람들이 휴대전화기를 꺼내 경수와 거대한 덩어리를 찍느라 야단이었다. 경수는 수갑을 찰 이유가 없다는 항변도 하지 못한 채, 긴 구간 자신과 함께 달려온 '길 덩어리'를 멍하니 쳐다보았다. 파헤쳐진 청계천변의 길이 두꺼운 카펫 말린 모양으로 쓰러진 오토바이 뒤에 바투 붙어 있었다.

경수의 사건은 곧 방송과 인터넷을 통해 전국에 알려졌다. 남대문경찰서와 종로경찰서, 혜화경찰서 담당자들의 합동 수사가 진행되었다. 사건이 시작된 지점은 정확히 경수가 청계천로에 진입한 고산자교 부근이었다. 일요일 오후 아홉 시경 경수의 오토바이가 달려가는 길을 따라, 청계천변의 차량 통행로가 깨지면서 말리기 시작했다. 경수는 오토바이가 왕십리 부근을 지날 즈음에야 자신의 뒤에서 일어나고 있는 일에 대해 알게 된 연유에 대해 다음과 같이 이야기했다.

처음에는 소리를 전혀 듣지 못했어요. 제 오토바이 머플러

소리가 좀 크거든요.

경수는 불 꺼진 상가 쪽 인도에서 아이인지 어른인지 분간할 수 없는 몇몇 사람이 롤러 블레이드 타는 모습을 보았다. 보드나 블레이드를 타던 사람들이 느닷없이 도로로 뛰어나오는 경우가 종종 있기에, 속도를 늦추었다. 그런데 속도를 늦춘 순간 이상한 느낌이 들었다. 사이드미러를 본 후 뒤를 돌아다보니 거대한 맷돌 덩어리 같은 것이 자신의 오토바이에 바짝 붙어 따라오고 있었다. 경수는 그 돌덩어리가 자신을 덮치려 한다고 생각했다. 오토바이를 세우고 어쩌고 할 경황이 없었다. 경수는 그대로 오토바이를 몰았다. 그 묵직한 것이 계속 따라오고 있었으므로 정신을 차릴 수가 없었다. 덩어리의 속도가 자신의 속도에 비례한다는 사실을 깨달은 것은 동대문을 거의 다 지나갈 때쯤이었다. 경수는 오토바이를 멈출 수 없었다. 멈추는 바로 그 순간 점점 거대해진 그것이 자신을 납작하게 깔아뭉갤 것만 같아서였다.

그런데 정말 이상한 것은 그 시간에 나 말고는 다른 차나 오토바이가 하나도 없었다는 점이에요.

경수는 아직도 온몸이 후들거린다며 그때 일을 회상했다. 경찰들이 조사해보니 사실이었다. 일요일 밤이라 워낙 통행량 자체가 없는 때이기도 했지만 사건이 발생한 약 15분 동안

동에서 서로 가는 청계천로에는 차가 전혀 없었다. 물론 반대편 쪽에는 차들이 다니고 있었고 보행자 도로에 드문드문 사람들도 있었다. 경찰들이 출동하게 된 것도 건너편 사람들의 신고 때문이었다. 경찰차는 중간에 경수의 경로에 진입하려다 몇 번을 놓치고 겨우 세종대로 쪽 입구에서 바리케이드를 치게 된 것이었다. 경수는 자신 역시 신고를 하려고 전화기를 꺼냈으나 달리는 오토바이 위에서 너무 당황한 나머지 떨어뜨리고 말았다고 진술했다. 경찰들은 수족관이 즐비한 상가 건물 근처에서 깨진 휴대전화기 하나를 발견했다. 경수가 진술한 지점과 크게 다르지 않았다.

휴대전화기를 잃어버리고서 경수는 더욱 당혹감을 느꼈다. 용기를 내서 멈춰볼까 말까를 고민하는 사이 그의 오토바이는 휴일 통행금지를 표시하는 플라스틱 삼각대를 뚫고 지나갔다. 광통교 부근의 청계천변은 아수라장이 되었다. 땅이 찢어지면서 튄 돌멩이 등에 가벼운 찰과상을 입은 사람들도 있었다. 다행히 둘둘 말린 덩어리는 착실하게 경수의 오토바이만을 따라갔으므로, 직선 도로를 벗어나지는 않았다.

왜 중간에 옆길로 새려는 생각을 하지 않았느냐는 질문에 경수는 어이없다는 듯 대답했다.

제가 만약 나래교나 수표교 따위를 넘는데 그놈이 거기도 따라왔다면 무게 때문에 다리가 무너졌을걸요? 몇 번 그럴까 생각은 했지만, 반대편엔 다니는 차들도 있었고, 암튼 그놈은 제 뒤에 너무 바짝 붙어 있었다니까요.

경수의 말은 타당성이 있었다. 그것의 직경은 거의 50미터에 육박하고 있었고 무게를 상상할 수 없는 콘크리트 덩어리였다.

전례 없는 사건 때문에 나라 전체가 들썩였다. 경찰들은 우선 경수에게 몇 가지 경범죄를 적용할 수 있는지를 보기 위해 조사에 착수했다. 하지만 어떤 교통 카메라에도 경수가 신호를 위반하거나 규정 속도를 초과한 정황은 포착되지 않았다. 게다가 경수가 그런 것들을 무시하고 달렸다 하더라도 당시의 응급상황을 고려했을 때 큰 죄를 부과할 수는 없었다. 처음에 땅이 깨지는 소리를 듣지 못하게 한 오토바이 머플러의 구조 변경 역시, 소음 측정기 결과 80데시벨을 초과하지 않은 것으로 드러나 처벌 대상이 되지 않았다. '부주의' 어쩌고로 시작된 질문 역시, 부주의한 게 자신이기보다는 길 덩어리가 아니겠느냐는 경수의 조리 있는 반문에 소용없어지고 말았다.

서울의 자랑이며 시민들의 위안이라는 청계천로의 한쪽 길은 도륙당한 고기의 살처럼 속을 드러내고 있었다. 사람들은 과일 껍질처럼 땅이 벗겨질 수 있다는 데 놀라움을 감추지 못했다. 땅 밑에 묻혀 있던 철근이며 배수관로가 훤히 내비쳤다. 마장동 부근에서 광화문까지 연결된 도로가 전면 통제되었다. 만일의 사태에 대비해 반대편 차로는 물론 남쪽과 북쪽을 연결하는 청계천변의 다리들도 모두 차단되었다. 차들이 해당 구간을 경유할 수 없게 되자 서울 전체의 교통 혼잡은 예상을 초월했다. 하루도 지나지 않아 인근 상인들과 시민들의 볼멘소리가 끓어올랐다. 국토교통부와 각종 과학 단체 등에서 그것에 관한 연구를 진행했지만, '땅이 두르르 말렸다'는 사실을 제외하고는 그 밖의 어떤 새로운 정황도 포착할 수 없었다.

제일 먼저 목소리를 높인 것은 일부 종교인들이었다. 그들은 기다려 마지않던 종말의 도래라 짐작했음인지 개탄을 금치 않으면서도 기대감을 감추지 않았다. 인간성을 상실하며 개발로만 치닫는 현 작태를 하늘이 더는 두고 보지 않은 것이라 했다. 환경 단체도 만만찮게 깃발을 높이 세웠다. 생태의 흐름을 고려하지 않고 미관과 전시 효과만을 내세운 정부의 행정이 돌이킬 수 없는 결과를 가져왔다고 했다. 그들은 녹색 옷을 입고 덩어리가 멈춘 곳에 모여들어 집회를 열었다. 거대한 달팽이 껍질처럼 말려 있는 도로를 보고 예술의 초극을 꿈꾸는 젊은 집단이 단체로 성명을 발표하기도 했으며, 청계천의 역사를 연구하는 단체들이 숨은 비밀을 밝혀내야 한다며 새로운 조사 기관을 위한 보조금을 요구하기도 했다. 무속 연합에서는 광통교에 떠도는 신덕왕후의 원혼이 들고 일어난 것이라며 전 국민이 참여해 큰굿을 벌여야 한다는 내용의 연판장을 돌렸다.

할 말이 있는 사람은 넘쳐났다. 조금이라도 관련이 있다고 생각하는 거의 모든 개인과 단체가 성명서를 발표했다. 마침내 정치권의 공방이 시작되었다. 관련 부서 장관들의 개인적 비리가 공개되었고 여당과 야당 간 책임 논란이 일었다. 어떤 절차와 방법에 의해서든 누군가는 사태를 짊어져야 하는 국면이 전개되었다. 하지만 희생양이 될 만큼 약하고 어리숙한 사람은 드물었다.

모종의 힘들이 경수를 지목했다.

경수는 일단 무죄방면 되었지만 취조와 탐문을 위해 경찰서와 법원을 들락거리게 되었다. 청계천과 그의 이름 석 자가 인터넷에서 검색어 순위 1위로 올랐다.

나이 28세. 거주지 마장동. 동대문 신평화시장 마네킹 도매
업체 직원. 고향……. 취미……. 애정 관계…….

경수와 조금이라도 안면이 있는 거의 모든 사람의 증언이
언론매체와 인터넷을 통해 소개되었다. 동대문에서 일하는 사
람치고 서점에 가기를 좋아했다는 점이 알려지자마자 비의적
음모론에 관심 있는 사람들이 댓글을 난사했다. '그에게는 분
명 무언가가 있다'는 게 그들의 최종 결론이었다. 경수가 사는
마장동 월셋집이 도마에 오르기도 했다. 우시장으로 유명한
그 동네에는 소의 원한이 사라지지 않는 몇 군데의 거점이 있
는데, 경수가 세 들어 사는 집이 바로 그 세 거점의 중심점에
있다는 것이다. 누군가는 그의 고향에서 내려오는 '말하는 숲'
전설을 인용하고 그럴듯한 괴담을 늘어놓기도 했다. 어떤 사
람은 그가 언젠가 버들 다리 위에 있는 전태일 동상을 어루만
진 적이 있다는 사실에 주목했고, 다른 사람은 그 사실로부터
종북주의를 끌어내기도 했다. 경수가 근무하던 마네킹 업체는
몰려든 기자들로 몸살을 앓았다. 그 와중에 전위예술을 한다
는 미인 예술가는 벌거벗은 존재에 대한 영감을 얻었다며 마
네킹으로 변장해 청계광장에 서 있기도 했다.

경수의 일상이 낱낱이 공개되었다. 그는 동대문시장의 여

러 가게를 전전하며 점원으로 일했다. 신발 도매 상가에 있기도 했고, 공구상에서 일하기도 했다. 전문 기술은 없었으며 주로 판매와 배달 업무를 했고 '비디오방'이라는 간판이 달린 곳에 가끔 들르곤 했다. 열여덟에 고향을 떠난 뒤 10여 년, 마장동 일대의 월세방을 전전하며 돈을 벌었지만 납입금 200만 원이 채 되지 않는 주택청약 통장이 그가 가진 전부였다. 시장에서 알게 된 동료에게 돈을 빌려주었다 날린 일도 있고, 가장 오래 일했던 타일 가게에서는 밀린 월급을 받지 못하고 쫓겨나기도 했다. 그는 10년 전이나 지금이나 비슷한 삶을 살고 있었다. 그가 걸어온 길에 특별히 이상한 점은 발견되지 않았다. 이상하지 않다는 게 이상할 뿐일 정도로 경수의 생활은 평범했다. 하지만 경수에 대한 조사는 끝이 나지 않았다.

그 와중에 거대한 덩어리는 여전히 청계광장에서 꼼짝을 않고 있었다. 즉시 그것을 치워야 한다는 의견과 역사적 사건의 기념물로 남겨두어야 한다는 의견이 팽팽히 맞물려 덩어리의 거취는 쉽게 정해지지 않았다. 교통은 여전히 엉망이었으며, 일대를 오가야 하는 많은 시민의 불평이 높아갔다. 정치권의 지도력에 대한 의문이 제기되었고, 누가 나라를 망치고 있는지에 대한 홍보성 제작물들이 사이버망을 떠돌았다. 모두의 분노가 응집되어가고 있었다.

경수가 가장 의심을 받는 부분은 왜 하필 그 시간에 책을 사기 위해 청계천변을 이용해 교보문고까지 갈 생각을 했느냐는 것이었다. 경수는 명쾌하게 "교보에는 책이 많잖아요." 라고 대답했지만, 그렇게 간단명료한 동기는 쉽게 용인되지 않았다. 경수를 비난하는 사람 중에 가장 허무맹랑한 자 하나가, 그동안 경수가 산 책의 목록을 내려 필요한 몇 개의 단어들을 발췌하기 시작했다. 열망, 동경, 바람, 제자리, 모순, 새로운, 기회, 영원 등의 글귀를 조합해 예언성 짙은 문장을 만들었다. 여러 차례의 재판이 열렸다. 아무런 범법 행위도 찾을 수 없다는 처음의 판결과 달리 경수는 형법 제87조 내란죄와 115조 소요죄 등에 의해 국가의 존폐를 위협하는 심각한 범죄를 저질렀다고 판정받았다. 걱정 말라며 싸워보자던 국선 변호사는 판결 직후 어디론가 사라지고 말았다.

경수는 창살 안에 갇혔다. 그는 "책이 많잖아요."라는 말 뒤에 "바람을 쐬러 나갔어요."라는 말을 덧붙이지 않아서 사태가 그리 된 게 아닐까 고민해보았다. 어쩌면 그가 서점에 너무 많이 들락거린 게 화근인지 몰랐다. 그러나 경수는 자신이 짝사랑하는 서점의 여직원에 대해서는 아무 말도 않기로 했다. 이유 없이 그녀의 사진이 인터넷 사이트에 오르도록 만들고 싶지는 않아서였다.

경수는 서럽고 암울한 마음이 되었다. 스물여덟 해를 멋지게 살아오지는 않았지만 그렇다고 열심히 살지 않은 건 아니라는 생각이 들었다. 다른 사람 아닌 자신에게, 왜 하필 이런 일이 생겼는지 이해할 수가 없었다. 그 덩어리는 어째서 할리데이비슨 같은 오토바이를 따라가지 않았을까? 왜 한강이 아닌 청계천에서 그런 일이 일어났을까? 그는 청계천변에서 한가로이 데이트를 해본 적도 없는 자신이 어찌해서 그런 일을 겪게 되었는지 이해할 수 없었다.

경수는 그 밤을 떠올려보았다. 이상한 길 덩이에 쫓기며 청계천로를 달리다가 문득 건너편에 뜬 초승달을 본 기억이 났다. 지치고 비루한 일상들을 숨긴 불 꺼진 건물 위로 번뜩거리는 달이 떠 있었다. 경황없던 그 순간에 어째서 그것이 눈에 들어왔을까? 그때 그 가느다란 달은 지금 경수가 있는 이 차가운 바닥처럼 생소하고 매정하게 느껴졌다.

경수가 옥에 갇혀 눈썹 같은 달을 떠올린 바로 그 순간, 서울 시내, 전국 곳곳에서 이상한 일들이 일어났다. 도로가 깨지면서 말리기 시작한 것이다. 원단을 배달하는 오토바이며

268

환자를 수송하는 구급차, 음악을 크게 튼 승용차나 피자 배달 오토바이 등의 뒤로 길이 깨지며 말렸다. 마치 파를 채칼로 길게 썰 때 껍질이 도르르 말리는 것처럼 길들이 말리기 시작했다. 경수가 그날 밤 잠시 청계천로를 달렸던 딱 그 시간에, 전국의 수많은 길이 동그랗게 말리고 말았다. 사람들은 패닉 상태에 빠졌다. 경수의 오토바이 단 한 대였을 때 그렇게도 말이 많았던, 그리고 어떻게든 책임을 덮어씌우고야 말았던 사람들이 일제히 입을 다물어버렸다. 자신이 걷고 있는 길 혹은 운전하고 있는 길 또한 언제 동그랗게 말려버릴지 모르기 때문이었다. 돌돌 말린 길 덩어리들은 사람들의 동요나 불안이 자신들과는 아무런 상관이 없다는 듯 잠잠했다.

경수는 다시 무죄방면 되었다.

【 흐르는 말 】
한 사람에게 일어난 일에 대해서는 모두가 떠들 수 있다. 모두에게 일어난 일에 대해서는 한 사람도 떠들지 않는다.

작가의 말

나는 아직도 혁명을 꿈꾼다. 젊어서라거나 지나치게 철이 없어서는 아닐 것이다. 내 혁명은 바깥이 아니라 안을 대상으로 하니까. 언제나 나를 전복시키는 게 유일한 목표니까.

그래서 나는 요즈음 무관심을 연습하고 있다. 나를 덜 보고 덜 찾고 덜 만지려 한다. 나를 즐거이 배반하는 과잉이 아니라 나를 필사적으로 보호하려는 과잉으로부터는 건강한 열매가 생기지 않기 때문이다. 세상에서 내가 제일 불쌍하고 남과 다른 나를 지나치게 사랑할 때 흘러나오는 구절들, 가령 낮보다 더 생에 유력한 밤, 존재의 현현인 그림자, 있음을 능가하는 없음 등과 같은 거창한 구절들이 지겨워서이기도 하다. 무엇보다, 내가 추구하는 문학을 훼손하고 싶지 않아서다. 내가 사랑하는 문학은, 나만 옳고 나만 소중한 치졸한 그릇이 아니다. 과도한 자기애, 자기연민을 우주 밖으로 던져버린 후 나를 포함한 우리 모두에게 젖과 꿀을 나눠주는 호방한 그릇이다.

사실 '우리'의 인드라망에 이미 연루된 '나'를 따로 떼어내기란 어렵다. '고독은 타자를 함축하는 사건'이라는 메를로퐁티의 말처럼, 고독조차 타인 없이는 불가능하니 말이다. 게다가 어떤 특수한 오해는 어떤 보편적인 이해를 위해 필수불가결하기도 하다. 당연한 말이지만, 나를 배제한 우리는 불가능하다.

그럼에도 불구하고 내게 무관심하면, 의도적으로 나를 외면하면 우리를 위한 공간이 분명 더 생기리라 믿는다. 나를 포함한 우리이니만큼 별반 손해 볼 것도 없다. 그래서 계속 무관심을 연습할 생각이다. 사소한 나, 나, 나를 잠시만 묶어두면 더 큰 나, 자유로운 나, 혁명에 성공한 나를 만날 수 있으리라.

외할머니가 만들어주셨던 고두밥 생각이 부쩍 난다. 할머니는 오랜 시간 소금물을 부어가며 찹쌀을 찌느라 비지땀을 흘리곤 했다. 가족들의 입질 몇 번에 사라질 음식에 들어가는 시간과 노력은 엄청났다. 할머니가 돌아가신 후, 보다 편리한 방법으로 단시간에 고두밥을 지으려 했던 적이 있다. 어림없었다. 간이 딱 맞는 고슬고슬한 그 밥은, 솥 근처를 떠나지 않고 아기를 어르듯 꽃에 물을 주듯 극진했던 할머니의 노고 없이 불가능했다.

10여 년간 써온 짧은 소설들을 묶는 과정이 그러했다. 긴 시간 주위를 서성이며 애정을 쏟았고 공을 들였다. 연재도 삽화도 출판사와의 연결도 내가 아닌 우리였기에 가능했다. 도와주신 모든 분께 고개 숙여 감사드린다.

2020년 10월
심아진

무관심 연습

초판 1쇄 인쇄 2020년 10월 12일
초판 1쇄 발행 2020년 10월 20일

지은이 심아진
삽 화 유지안
펴낸이 이수철
주 간 하지순
디자인 권석중
마케팅 안치환
관 리 전수연

펴낸곳 나무옆의자
출판등록 제396-2013-000037호
주소 (03970) 서울시 마포구 성미산로1길 67 다산빌딩 3층
전화 02) 790-6630 팩스 02) 718-5752
페이스북 www.facebook.com/namubench9
인쇄 제본 현문자현

© 심아진, 2020

ISBN 979-11-6157-110-2 03810